Sie7e

Rosamaría Tapia C.

2014

Rosamaría Tapia C.
e-mails: tapiaariel@hotmail.com
rosamariatapia@rosamariatapia.com

Portada: Manuel López
Fotografía: Álvaro Ching

ISBN: 978-9962-05-766-6

Debo pretender que hay otros. Que sus amores ondearon banderas en la cumbre de mi esencia. Pero solo tú te adheriste a esta alma forestada de quimeras. Usamos diferentes máscaras, pero prometimos que a la vez séptima, al unísono, declararíamos que somos uno. Que nunca existieron otros. Que nuestro amor cimentará la arena plateada de una nueva estrella. La que será la estancia que habitamos. La que ofreceremos de refugio a todos aquellos que amaron a través de la vida, de la muerte y por toda la eternidad.

Para ti, Papá; Siempre.

—Regresaremos siete veces.
—¿La que está por suceder es…?
—La número siete.

1

Habitas en mi punto débil

El enemigo acechaba sigilosamente. Por años siguió las huellas de su víctima. Sakura se sabía presa vulnerable y expuesta. Aceptaba que sus días estaban siendo numerados en modalidad regresiva, podía escuchar su segundero biológico acercarse a la campanada final.

Mientras luchaba por absorber los últimos minutos de felicidad, negociaba con la vida una tregua. "Una hora más" —susurró sin poder evitar que fuera audible su ruego—. "Que no sea aquí, que no sea ahora". Pero la fatalidad no entiende de súplicas teñidas de emociones humanas. Ella llega. Ella es. Ella desnuda entre negación y rabia.

La mujer fue impactada por el infortunio en las puertas del templo. En los brazos de su padre, en el suelo, sintió cómo el enemigo rasgaba sus entrañas hasta anidarse en su fragilidad.

Lo miró queriendo despedirse, deseando expresar aquello que su corazón precisaba. No pudo. En el fondo de sus ojos solo se posaba una oscuridad de túnel y al final de este, parpadeaba claramente una señal. Lo último que vio Sakura, antes de perderse en la nada, fue una bruma mística que servía de telón de contraste para el número 7.

El dolor tiene la cualidad erosiva de minar la lógica, la voluntad, la esperanza. Te ciega, pero a la vez te entrega paisajes que solo un alma que sufre puede observar. Escenas que ningún ser vivo querría absorber, por aquello de que lo divino es luz y la oscuridad una asignación infranqueable para los que han violado algún tipo de precepto espiritual o kármico. Pero hay almas buenas que deambulan por noches interminables de agonía. Sin entender el porqué, aceptan su destino sin permitir que sus corazones muten en centros de distribución de energías nocivas.

Todo tiene su límite. Existe una opción que trae fin al suplicio. Una que no daña a nadie y que no es por mano propia. Esa que entrega un golpe, luego una caricia, y después una invitación a cruzar al reino de la nada, donde no hay dolor, y la ausencia de sentido regala la oportunidad de exhalar la humanidad e inhalar las promesas de papel que nos protegieron de niños. "Algún día todos viviremos felices. Juntos. En el reino de los cielos" —repitió en su mente como un mantra que acumulaba polvo en una esquina de su alma.

Sakura cruzó el portal, siguió la señal del número 7. En cada paso le repetía a su padre lo mucho que lo amaba. Contó 7 "te amo, papá", antes de desvanecerse y quedar parada dentro de lo que parecía ser un teatro abandonado. Se hallaba ante la nada, esperando su barca de papel para viajar a la otra orilla, una ribera más compasiva, menos cruda, forestada de quimeras tangibles, absolutas.

En medio del escenario estudiaba el telón blanco que la separaba del auditorio. Podía ver, aunque borroso, a través de él. No sentía temor. Cualquier escena que se le presentara no podría ser más agresiva que las que experimentó en vida. Su cuerpo se sentía liviano, como sostenido por una atmósfera de divinidad. Ráfagas luminosas cruzaban al frente, sobre y atrás de ella, formando siluetas de formas etéreas que exudaban amor y la hacían sentir bienvenida.

El número 7 sería la clave para cruzar a la otra orilla. No le cupo duda al contar las presencias que planeaban a su alrededor. Una última confirmación le fue develada: el telón empezó a subir, mas no en una pieza. Fueron 7 velos que subieron, uno a la vez. Luego su visión se hizo más clara: hacia dentro y hacia fuera de su ser. Entendió qué hacía allí, por qué escogió seguir la señal del número 7. Suspiró, bajando la cabeza, al confirmar que ese era el final de su camino.

No habría manera de regresar a darle la oportunidad a su corazón de exhalar su verdad, a trasmutar su tristeza. Ahora solo existía espacio para escuchar su propia confesión frente a los espectadores etéreos del universo. Siete seres de extrema luminiscencia que verían la obra de la vida de Sakura. Una vida llena de sombras, las que se disiparían frente a sus ojos y le harían comprender que somos piezas claves en el engranaje divino de realidades simultáneas, eternas.

Se encontraba tan ensimismada con el entorno que no se había detenido a sentir su cuerpo, a observar su vestimenta. No sentía dolor y por primera vez en muchos años podía respirar sin dificultad. Inhaló profundamente para corroborar lo que veía. No se le hizo fácil asimilar su condición física y la prominencia del vestido que llevaba puesto.

Era un atuendo estilo japonés. Simple, de un material sedoso. De alguna manera eso no la sorprendió, porque lo relacionó con la etimología de su nombre. Lo que sí la impactó fue observar la herida en el cuadrante superior izquierdo de su pecho, y el rastro de sangre que emergía de ella marcando su hombro y casi todo el brazo izquierdo. El vestido no absorbía la humedad roja oscura. La mancha se adhería a su piel como una marca de nacimiento.

Estudió el lugar de la herida. Una cortada superficial que parecía haber cerrado. Pero, ¿y por qué seguía allí la sangre? Intentó retirarla; en vano. Sus pies descalzos se sentían clavados al piso del escenario. Pensó en moverse para explorar el teatro, pero al mover con dificultad su pie derecho escuchó un ruido: luego, la intensidad de un reflector sobre ella. Ahora estaba dentro de un círculo de luz y el resto del auditorio permanecía en penumbras.

El eco de unos pasos hizo que Sakura se moviera fuera del círculo de luz, procurando colocarse al fondo del escenario. Un hombre de vestido elegante subió los peldaños hasta compartir la plataforma con la silueta que veía al fondo. En su mirada batía alas la seguridad; era alto y esbelto, de cabello cubierto de canas y una sonrisa de las que solo se ven en los carteles cinematográficos.

El hombre se acomodó debajo del reflector donde hasta hacía unos segundos se encontraba Sakura. Enseguida se volteó, dándole la espalda al auditorio vacío y el rostro a la mujer que distinguía con dificultad entre las sombras.

—Acércate a mí, déjame verte —la mujer dio pasos hacia atrás; escabullirse sería la decisión acertada—. No temas. Nadie de los que estamos aquí podríamos dañarte.

—¿Hay otros? —avanzó más pasos de los que retrocedió, hasta el punto donde un residuo de luz dejaba expuestos sus contornos físicos.

—¿Dónde crees que estás? —ella inclinó su cabeza, reflexionando—. O mejor dicho, ¿dónde te dice tu corazón que te encuentras? Sé que esto es muy confuso, pero no hay tiempo que perder. La obra empezará en unos minutos y tú eres la invitada de honor, por lo que deberás tomar asiento en el auditorio y disfrutar la representación que ha sido preparada para ti.

—¿Una obra de teatro? Y, ¿quién es usted? ¿Acaso no sabe cómo llegue aquí, de dónde vengo? —Sakura avanzó hasta quedar justo frente al hombre—. ¿Puede ver mi herida? ¿Nota que sangro? ¿Qué de normal tiene esta situación macabra, o como usted dice: esta representación teatral?

—Veo tu sangre, Sakura, pero veo también algunas heridas más. Una vez que empiece la obra deberé lucir una sonrisa. ¿Has oído que en el negocio de espectáculos el show debe continuar? Sí, a pesar de las lágrimas, de las tragedias, de todo lo que hiere, es como debe ser, porque así es la vida. La única opción es seguir; a veces con el corazón hecho añicos y con la desventura a cuestas. Seguir, seguir siempre.

—¿Esto es una burla entonces? ¿Alguno de los aquí presentes —que no logro ver—, podrá ayudarme?

—Soy solo el Maestro de Ceremonias de este espectáculo. Mi rol es prepararte para lo que verás y escucharás. Todos tenemos un mismo mensaje para ti. Primero tendrás que asimilar que el personaje principal de esta obra eres tú. Eres la protagonista, y la audiencia.

—No entiendo nada.

Sakura ya empezaba a descender los escalones a un costado del escenario para sentarse en una de las butacas de la audiencia y observar la obra. El hombre se aclaró la garganta y con voz imponente, fonéticamente perfecta, le dijo: "La primera intervención de la noche es tuya".

Se detuvo abruptamente con una expresión gélida en su mirada. Sentía temor, pero su corazón sabía que esta era la oportunidad única de expiar su alma. De cerrar la historia que caducara en las puertas del templo, en los brazos de su padre. Volvió a subir los escalones y se posicionó en el centro del escenario bajo el reflector. Respiró profundamente y en medio del teatro vacío desencadenó el torrente poluto de su historia, de recuerdos salpicados de una honestidad brutal.

Siempre tuve certeza de que, llegado el fin, se haría un recuento de mi historia. Confío en que nada de lo que exponga aquí sonará a locura, aunque toda mi vida presentí eventos invisibles desde la percepción humana. Mi radar espiritual siempre estuvo dirigido al reino intangible que se yergue detrás del velo.

Este teatro vacío no lo está; no puedo comprobarlo, pero lo percibo. Por eso empezaré mi historia como el que vaga a tientas por la penumbra. Sin rumbo conocido y con la fe de que hay una tierra prometida donde se detenga el dolor y de paso al entendimiento, que será el antídoto.

La obra teatral de lo que fue mi vida debiera tener nombre. ¿Cómo referirme a los años de mi transitar? La convivencia con este dolor me opaca la perspectiva. No quisiera dejar en el récord del universo un reflejo distorsionado de lo que fui.

Un monólogo improvisado que no escuchará ninguno de los seres queridos que dejé en la tierra. ¿O es que morir es eso: un ejercicio reflexivo que trasmuta al locutor mientras sus palabras se adhieren a las grietas de un mundo en decadencia?

Mi nombre es Sakura. La "flor de cerezo" en japonés. Me pusieron ese nombre por su significado. El florecimiento de estas delicadas y hermosas flores rosadas solo se da por una semana al año, en el mes de marzo, para anunciar la llegada de la primavera.

Espiritualmente, la flor y su fugacidad representan lo efímero de la vida. Invitan a reflexionar sobre nuestro breve paso por la existencia y el valor que tiene cada día que estemos vivos. Sí, mi nombre es una invitación a estar presentes para experimentar la belleza que se escurre por las grietas de la mortalidad.

"Concéntrate en lo hermoso de la vida, Sakura" —me repetía a diario. "Pasa rápido, pero en ella hay una maravilla que sobrepasa lo efímero de su existencia. Mientras florezca frente a ti, recuerda que pasaste por ella, que fuiste testigo de la magnificencia y el privilegio de estar viva".

Sakura suspiró, mientras una corriente de lágrimas humedecía su rostro; dio la espalda al auditorio, quizás vacío, para secarlas. Respiró profundo, volvió a girar y prosiguió con su monólogo.

Colocaron sobre mí un conjunto de hermosas intenciones. Al nacer sé que él quiso para mí una vida honrada y buena. También quiso lo mismo para mis hermanos, pero algo desde mi concepción le hizo pensar que esta era su última oportunidad de despertar y tomar su lugar en el escenario divino de la existencia. Nunca sospechó que al escoger ese nombre para mí, daría inicio a la reacción en cadena que me llevaría a despertar de la ilusión de ser una mujer que piensa que no hay nada más que el mundo físico.

"Seres ilimitados que despiertan a la realidad de ser más que humanos: divinos" —solía repetir—. Solo ahora comprendo que mi nombre fue una señal que colocó mi padre para que la vida conspirara en despertarme. Ahora sé que es por esto que mi copa de sufrimiento ha sido colmada, y por qué mi fin ha llegado.

He fallado. O quizás la vida solo fue una broma de mal gusto donde descubro su propósito para conmigo solo en medio de un teatro, en el limbo de una dimensión donde hoy mi alma se quema a fuego lento con las verdades que me acompañaron y que no supe adoptar.

¿De qué vale contar aquí acontecimientos que pasaron en mi niñez, en mi juventud o en los años de mi madurez? Nada cambiaría el curso de este río que arrasa con todo lo que fui y me deposita en este escenario abandonado. Solo él es la constante. Por mi padre se establecieron en mí puntos de referencia que me hacen recordar que llevo décadas viva.

¿Fui una niña? Claro que sí. Mi padre todos los días me llevaba en moto al jardín de la infancia y en las tardes salía de su trabajo a picarme una manzana en mi platito amarillo. ¿Fui una adolescente? En esos tiempos, cuando la rebeldía me hacía sentir omnipotente, él me leía poemas que apaciguaban mis batallas y cubrían de rosas mi mente aferrada a las armas. ¿Fui adulta? Cuando estudiaba en la universidad, en el exterior, él detenía su vida e iba cuatro veces al año a verme, a hacerme sentir su presencia y su apoyo incondicional. ¿Que si fui una mujer madura? Mi padre me apoyó cuando decidí dejar mi profesión y dedicarme a las artes, siguiendo el llamado de mi corazón. Su nido nunca permaneció vacío. Yo regresé cada vez con las alas más heridas. Pero él siempre me hacía sentir que volvería a sanar.

Sakura prosiguió con su recuento plagado de dudas. Dudas que oscilaban entre saber y no saber quiénes eran los seres que presentía cerca. Dudas sobre cuáles sucesos contar de entre la avalancha de emociones que pedían una oportunidad de salir de ella misma para no causar más daño en lo profundo de su agonía.

Cuando se ha construido una vida y vemos que la sacude un terremoto existencial, perdemos el control, la cordura. Las decisiones erráticas, aguijoneadas por el instinto de supervivencia, nos llevan a lastimarnos más, a acelerar el proceso de derrumbe.

Sakura se encontraba parada en el centro de su ciudad interna, viendo cómo a su alrededor todo colapsaba, se destruía. En vano trataba de contener los daños, de aparentar que cabía un orden. Su anatomía reflejaba el desgaste, los impactos, las batallas. Una herida que supuraba sobre su corazón. Un dolor que sobrepasaba el conocimiento de los científicos porque no poseía raíces físicas, sino emocionales.

Hay veces que la cualidad más noble, otorgada divinamente a una persona, debe ser protegida. Así construimos una fortaleza que la resguarda, como una ciudad amurallada que evita los ataques externos de la vida. Sakura encontró un día su urbe en ruinas. Todas sus medidas de defensa: destruidas.

La vida supo golpearla donde es posible infligir el mayor daño. Una herida en el centro de su ser. De esos embates que acaban con la esperanza y el brío de surcar una nueva avenida. La vergüenza de verse desprovista de las herramientas más básicas de supervivencia empujó a Sakura al aislamiento de vivir una mentira. Había que ser fuerte, demostrar coraje. Esto fue lo que la hirió de manera definitiva: no merecer ni siquiera la oportunidad de pedir ayuda.

Porque así de duro es sufrir en silencio. Sentir que no puedes decirle a nadie que tu mundo se derriba. Ojos que miran a través de ti sin identificar el filo del puñal que yace en medio de la herida. Gritos mudos en la mirada, llantos disfrazados de frases huecas, roces accidentales que se sienten como caricias, pero que se convierten en anclas que suplican por asentarse, aunque sea un instante.

Sufrir por un ser querido que sufre. No poder hacer nada por aliviar su dolor. Ceguera que sufrimos todos los humanos al no reconocer a aquellos que, a nuestro alrededor, llevan llagas invisibles, abiertas en el fondo de sus almas.

Humanos, somos todos humanos, fuertes y débiles, heridos y sanos, videntes y ciegos, fuertes y cansados. A veces todo a la vez. La danza de los opuestos que define nuestra realidad, la esencia de la vida mientras estemos anclados a la carne. Carne que algún día será polvo sobre la tierra viva.

A todos por igual nos llegará el momento en que nuestra espalda alcance la pared, impidiendo la retirada. Quizás la vida sea un avanzar hacia ese punto donde ya no tengamos una oportunidad de escape. ¿Será este el instante que nos define? ¿Podremos reconocer que ese punto de referencia será el que decide si la vida sigue en su espiral descendente o si nuestra espalda estalla en alas y, por fin, se nos hace posible surcar el horizonte de las distancias?

Este instante nunca es silencioso, o amable; ni pide permiso para aparecer. Este momento es una batalla sangrienta que resistimos. Una lucha por proteger lo que se encuentra en el centro de nuestro ser. Lo sentimos como la muerte que avanza y amenaza con llevarse el preciado tesoro que cuidamos durante nuestra existencia. Por eso el desgaste. Porque usamos hasta el último aliento, la última fuerza en defender lo que nunca nos perteneció. Porque nada de lo que tenemos en el mundo dura para siempre, ni lo podremos llevar con nosotros a las praderas que yacen en la otra esfera.

Ese algo que atesoramos es custodiado en el centro de nuestra esencia, donde la naturaleza divina lo arrulla con un poco de tristeza. ¿Por qué es allí donde lo guardamos? Quizás porque allí se acuna el amor eterno, la luz que no expira, las promesas eternas que vagamente escuchamos en el viento. Por instinto creemos que allí estarán a salvo, que algo tan puro, tan cierto, amparará de las flechas al centro esencial de nuestro universo.

Seres de extrema luminiscencia abrazan en nuestro nicho divino al objeto de tanto afecto. Como el que mira un tesoro, como el que reflexiona frente a una incógnita, esos seres miran al amor de los humanos queriendo entender cómo lo efímero puede ser valorado aún más que el presente eterno. Lágrimas derramadas por la falta de entendimiento, por la sordera que impide a los humanos descifrar los mensajes del aire. Del viento del Este, allá donde se encuentran todas las piezas que restaurarían la esencia de lo humano.

Sakura entendía cada vez más su rol en la obra de teatro. Tenía razón. A medida que sus palabras se hacían una confesión, sentía las sombras disiparse y veía con mayor claridad su propósito de estar allí.

No sé exactamente cómo llegué aquí, pero sí sé cuál fue la puerta que se abrió para permitir mi paso. La número 7. Las coincidencias con este dígito han marcado mi vida.

Sakura hizo una pausa, usaba el recurso de su memoria para extraer los hechos que ahora iba describiendo.

La primera es mi fecha de nacimiento: 7. Y sí, los últimos 7 años de mi vida han sido una pieza clave. Periodo convulso, plagado de una neblina existencial que ha dinamitado lo que era para mí real.

Ella no lo sabía, solo lo presentía, pero de hecho hay un ciclo de 7 años en toda vida. Cada 7 años un ciclo se completa. Y todos los cambios ocurren entre el final de un ciclo y el comienzo del siguiente. Ella había experimentado las transformaciones existenciales desde su etapa de niña.

Primero, a la edad de 7 años, Sakura dejó de ser una niña pequeña; comenzó a habitar un mundo totalmente diferente. Hasta entonces era inocente. Aprendió las artimañas del mundo, las astucias, las decepciones, los juegos; aprendió a fingir, a llevar máscaras.

A la edad de catorce, la sexualidad, que nunca fue un problema hasta entonces, afloró súbitamente en su ser, y su mundo cambió. Dio un vuelco en su interés por el sexo opuesto.

A los veintiún años empezaron los juegos de poder, los juegos del ego, la ambición; ahora lo importante era un estatus, conseguir más dinero, hacerse de reconocimiento en la sociedad.

A los veintiocho se convirtió en una mujer formal. Echó raíces, le importaba más el saldo bancario, la seguridad.

A los treinta y cinco surgió un cambio muy difícil, porque se encontraba en la cumbre, si se toma en cuenta que la vida promedio es de setenta años. Se hallaba a la mitad del camino, y empezó a sentir miedo, a pensar en la muerte. El temor afloró en el ciclo entre los treinta y cinco y cuarenta y dos años. En esa edad las enfermedades aparecieron en su anatomía, debido a los efectos adversos de la vibración que produce la emoción del miedo. Ahora la muerte parecía acercarse: dio el primer paso hacia el fin a sus treinta y cinco años y se acercaba al cierre del ciclo, casi siete años después.

En ese lapso, para Sakura la muerte ya no era algo meramente intelectual; estaba más alerta ante ella y buscaba hacer algo de valor con su vida. Sabía que si esperaba más sería demasiado tarde.

Pero, ¿cómo hacerlo con tanta oscuridad a cuestas? Sabía que estaba en el punto donde se bifurcaba su camino. O salvaba su vida o perecería a causa del desangramiento emocional de su ser.

La fuerza ascendente de la lava de su volcán interior, hizo que la voz de Sakura alcanzara hasta el último rincón del teatro.

La vida descifró mi talón de Aquiles, esa zona donde se refugia lo más preciado, mi norte, mi regreso a casa. Descubrió en mí a mi padre.

Una llamada encarnó el descalabre. Entre paredes blancas y hombres con batas del mismo color se hundió lo que fue hasta entonces el asidero de mi realidad. Si lo dices rápido no causa tanto temor, pero si lo pronuncias acentuando cada sílaba, la palabra cáncer puede ser una bola de demolición que derriba las estructuras existenciales de una vida.

El destino asaltó a mi refugio y secuestró al tesoro que con más amor custodié. Mi padre, en menos de tres meses, fue diagnosticado, operado y tratado con quimioterapia para salvar su vida.

Sakura sintió la fuerza abandonar su cuerpo. Colapsó hasta quedar con su cuerpo tembloroso, de rodillas, aún dentro del círculo de luz que producía el reflector.

Fue una flecha lanzada hacia mi talón —y al decir eso, golpeó el piso con su puño cerrado—. Certera penetró en el caos de mi vida y cuando pensé que las cosas no podrían ponerse peor, escuché el quejido de mi padre al ser impactado por la saeta impía.

En vano traté de negociar por más tiempo para estar lista. La tragedia llegó, quemó y dejó la tierra arrasada. Sin poder reaccionar, contemplando la posibilidad de una despedida, mi ser se rasgó, dejando a su paso los retazos ensangrentados de mi corazón. Mi ilusión de control voló en astillas que hicieron sangrar mi mente, ya debilitada por tantos embates.

Sakura bajó su vestido al nivel del hombro, exponiendo a la luz la mancha de su sangre.

Ver sufrir al ser amado es la peor de las agonías. Y cuando para ellos el final es una posibilidad avistada en el horizonte, empieza la lucha contra el tiempo para detener lo inevitable, o para decir lo que ha permanecido a medias entre miradas y frases esquivas.

No he sabido cómo pedir ayuda —Sakura, con esfuerzo, se incorporó—. He sentido vergüenza de expresar mi oscuridad, mi impotencia. Es mi padre quien libra la batalla. ¿Cómo puedo decir que también sufro, que me hundo sin tener a qué aferrar mi esperanza? Me he aislado para que no puedan oler la descomposición de mi entereza. Para que él me imagine fuerte, dispuesta a apoyar a la familia, con el corazón esperanzado.

¿Pueden ustedes —clavó su mirada a puntos invisibles en el teatro— ver en mis ojos el tiempo que expira? Él puede descifrar el lenguaje de mi alma. Por eso desde que su enfermedad empezó, evito que se encuentren nuestros ojos. Miento, me escondo, entierro mi desesperación debajo de saludos dichos en voz de retirada.

—Ustedes, seres de extrema luminiscencia que me acompañan, los he sentido a mi alrededor toda mi vida; en las buenas y en las malas. ¿Cuántos son? ¿Son acaso ustedes los espectadores de esta obra que hoy culmina con mi intervención? ¿Vinieron a llevarme a casa, a reposar mi cuerpo en una tierra lejana?

Regálenme la última dicha de saber que no estoy sola en este último paso. Un abrazo de ustedes será como volver a casa. Busquemos a mi padre, huyamos a la dimensión que resucita las promesas eternas de aquellos que se aman. Allí donde formaremos nuestra estrella. El refugio cimentado en arenas residuales de un amor que nunca tuvo un comienzo. Una estancia donde por siempre sean bienvenidos todos los que resucitan con la pureza de un beso.

Sakura no podía detener el flujo de palabras que afloraba de su boca. Las canalizaba como recordando un promesa lejana. Las luces del escenario se apagaron, sirviendo de telón para las 7 formas luminosas que brillaban con luz parpadeante.

Se hicieron presentes frente a ella 7 siluetas de extrema belleza. Sakura reconoció a los seres que la habían acompañado por vidas. Uno al lado del otro, sonreían con un amor que disipaba sus temores, sus dudas. Supo que estaban allí como bálsamo para las heridas de su cuerpo mortal. Su plano físico absorbió la vibración de luz y se probó veraz aquel refrán: "La luz siempre hiere antes de ayudar".

Su cuerpo colapsó sobre el escenario. Una de las siluetas, en apariencia femenina, se acercó. Colocó sus manos sobre la herida y con gran cariño le dijo: "Sakura, mi nombre es Myriad".

Sintió un impacto eléctrico recorrer su ser. Se levantó con su ayuda y observó la herida cerrada. La sangre, desaparecida.

—Puedes sanar. ¿Ayudarías a mi padre?

Los seis restantes se dispersaron, dejando expuesto el holograma de su padre. Volvieron a juntarse proyectando una cúpula de luz dorada que lo rodeaba.

Sakura se volteó hacia Myriad, sonriente.

—¿Podrán curarlo?

—Tu padre no se encuentra aquí, solo es un filamento de su luz, el que habita en ti. Protegeremos eso. Ese concepto que tanto guardas y que es la razón por la cual has llegado aquí. Todo lo que se desarrolle en este escenario tiene que ver contigo, con los trazos que tu mente ha diseñado para sobrevivir.

—Me ha dicho el Maestro de Ceremonias que esta obra es para mí, que soy la invitada de honor. Pero entonces, ¿por qué participo?

—Aunque no lo entiendas ahora, algo dentro de ti, tu esencia, escogió venir para descifrar el acertijo. Por eso eres protagonista y espectadora.

—Es la representación de mi vida, ahora entiendo.

—No te adelantes. Primero lo primero: toda función de teatro lleva un nombre que sugiere la trama. ¿Qué nombre llevará esta obra al mirar atrás en este efímero instante?

Sakura cerró sus ojos para conectar con su corazón. Sintió la presencia arraigada de su padre. Se resistió a la idea de un adiós, y se aferró a la posibilidad de que su verdad fuera suficiente para ganar tiempo y poder trasmutar silencios en una oda amorosa que cubriera de laureles las sienes de su papá. Su voz se convirtió en testamento. Con una danza de palabras puso fin a su intervención en la obra.

Mi voz se une al llanto del Universo. A esa exhalación que dispara astillas a todo aquello que transita efímeramente por el telón de la infinidad.

Perspectiva limitada, lo sé. Duelo que se magnifica a través de las esteras de mi mañana perpetuo.

Respirando la aridez de la nada. Contando las grietas de mi corazón con la misma esperanza del que deshoja una flor de primavera.

Pensándote. Queriendo olvidarte solo para que la realidad se presente compasiva y con rostro de madre.

Tú que eres mi verdad, lo que escondo para no ser vulnerable, el cielo que me cubre desde el adjetivo inexistente que reemplazaría al "jamás".

Le he mentido a la vida para protegerte. Para escudarnos, ambos, en la evasión que cauteriza las heridas infectadas.

Hoy caducó el tiempo. A veces no hay segundas oportunidades para traspasar las profecías que se adhieren a nuevas realidades.

Tú y yo: siempre. Tú y yo usando máscaras. Prolongando lo inevitable. Aquello que pactamos. Aquello que nos define en los registros a lápiz del cosmos.

Tú habitas en mí como aquello que no puede ser destruido, ni mutado. En una parte de mi ser donde se encuentran las vibraciones luminosas. Allí donde radica mi divinidad y se respira la bruma sanadora de la transitoriedad. Tú, solo tú, papá: habitas en mi punto débil.

Sakura, transportada por el conjuro de su confesión ahora se encontraba sentada en la audiencia. Sería ahora espectadora de su propia obra. Ahora tenía nombre, y sería ese que seguía resonando en su conciencia: "Habitas en mi punto débil".

2

La diosa de Grecia

Sakura Supo que tenía frente a ella, en el escenario, a una mujer griega. No lo dedujo por su vestimenta —aunque la adornaba una túnica helénica— sino porque ahora aparecía, en letras parpadeantes, otro título para la obra: "La diosa de Grecia".

La mujer de cabellos desordenados y de apariencia deteriorada daba la impresión de tener como unos cincuenta años. Su vestido estaba limpio, pero ajado, y las joyas que la adornaban se notaban opacas por el óxido.

Al contrario de lo que experimentó Sakura, ella permanecía relajada bajo el reflector que formaba el círculo de luz. Proyectaba una leve sonrisa en medio del silencio absoluto. Miraba alrededor del teatro como el que visita una estructura familiar que albergaba hermosos recuerdos, una parte de su vida que se le escapó y que por unos segundos volvía a saborear en la comisura de sus labios.

Sin dudas presentía espectadores en el auditorio, aunque no lograse verlos. Estaba agradecida porque comprendía que un monólogo honesto sana a través de vidas si hay alguien en el universo que esté dispuesto a escucharlo.

"Casi nunca cuando estamos vivos nos damos cuenta de que somos felices", así rompió su silencio la mujer griega. "Me llamo Anastasia —se acomodó su cabello con gracia, empujándolo hacia atrás—, y he venido hoy a contar mi historia".

Sakura se percató de que hablaba sin hacer contacto visual. Se levantó y se acercó hasta el borde del escenario.

—¿Me ves acaso? No entiendo mucho de lo que está pasando. Pensé que esta era la obra de teatro de mi vida. ¿Hay otros? Nunca antes te he visto, ¿qué relación guardan nuestras vidas?

Sakura se abrazó a sí misma, visiblemente nerviosa. La mujer griega no la veía, ni podía escucharla.

Anastasia tomó un respiro profundo, prosiguió, a la vez que Sakura retornaba a su asiento.

Entre las enormes pilastras de los templos griegos me paseaba admirando la belleza de mi ciudad. Muros que me cortejaban, viento que acariciaba mi piel y agitaba mi larga cabellera. Fui una mujer sumamente hermosa.

Como una flor de mística apariencia, así me observaban todos. Recibí los mejores tratos. Gestos preferenciales que me colocaban a la cabeza de la fila. Era considerada como una de las atracciones favoritas de mi pueblo.

Hablaban de mi garbo en el mercado, en las plazas, por doquiera que pasaba. Mis ojos color esmeralda hechizaban y mis labios rosados liberaban las más mágicas tonadas. Además de belleza, la vida me concedió ser una cantante talentosa.

Nací para cantar, para contar historias en canciones. La música brotaba de mí como un riachuelo en primavera; y era la primavera de mi cuerpo, de mis bríos, de mis ilusiones, en aquellos años donde el ocaso no era un concepto legible y mi juventud era un deleite eterno.

Respaldada por la riqueza de mi familia pude cumplir todos mis sueños. Solo tenía que desear algo y la vida lo encarnaba más allá de mis anhelos. Como si mi corazón tuviera magia en sus latidos haciendo realidad todos mis deseos. La vida apostó por mí. A cada paso que daba me sentía resguardada por una fuerza universal que conspiraba para hacerme sentir dichosa.

La tristeza no cruzó el umbral de mis experiencias, salvo en escasas ocasiones donde pude cubrirlas con los eventos maravillosos que acaecían. Cada día traía sorpresas de inmensa satisfacción. Casi a diario me postraba de rodillas a agradecer la bendición de ser "la diosa de Grecia", como me llamaban mis admiradores.

Trabajaba para sentirme útil, no para ganarme la vida, así que podía cantar en lugares respetables sin importar el poco dinero que ofrecían. Lo importante es que podía canalizar esa magia peculiar a través de mis canciones. Las personas, embebidas con ellas y con mi apariencia, colgaban en sus rostros una expresión de éxtasis. En teatros como este vestía atuendos majestuosos y deleitaba a centenares de personas.

Pero todo llega a su final. Recuerdo el momento exacto cuando empezó el declive de mi vida. Un día pasé por una plaza muy concurrida y otra mujer, una más joven, atraía todas las miradas. Desde ese instante procuré que un manto de incredulidad y evasión me cubriera por algunos años. No quería aceptar la imagen que me devolvía el espejo. Hasta el día en que en el teatro vi colgado un anuncio con mi imagen: la mujer hermosa, la diosa de Grecia, se había marchado y en su lugar quedó una mujer de mediana edad, con trazos vitales dibujados alrededor de sus ojos, y en su sonrisa.

Anastasia acercó sus manos y las observó en detalle. Con un susurro casi inaudible, prosiguió.

Nada ni nadie puede prepararnos para el impacto total de ver esfumada la juventud; la belleza. Hoy, en retrospectiva, creo que la herida no fue abierta por algo tan superficial como mi apariencia; más bien fue el tiempo malgastado el que la provocó, la certeza de no haber vivido a plenitud mis mejores años.

Anastasia empezó a hacerse consciente del estado de su vestido y del deterioro de sus joyas. Su voz inundó el escenario de zozobra.

¿Por qué la vida nos priva de sabiduría en nuestros primeros años? Nos sentimos invencibles y creemos que la existencia se extenderá por siempre en un horizonte asegurado. Pero no es así. La juventud se nos pasa mientras habitamos el futuro, ese que pensamos será perfecto cuando las condiciones perfectas se posen a nuestro lado.

Por eso hoy extiendo una rama de olivo ante mi imagen. Ya no puedo negarlo, el mapa del tiempo sobre mi rostro ha sido surcado. Cincuenta primaveras me representan. No recuerdo dónde se fueron las tres últimas décadas. Avalancha de estaciones que regresan a sumergirme en un mar de humildad, en honor a los años que no viví pensando que "mañana" sería feliz, que otra oportunidad se presentaría para tomar mi puesto, una vez más en el escenario.

Esa vez nunca volvió. Tal fue mi depresión, mi ceguera, mi renuencia a aceptar el paso de los años, que dejé mi cuerpo deteriorarse, desistí de cuidar mi apariencia. Me convertí en una mujer que aparentaba muchos más años de los que tenía.

Anastasia hizo una pausa para tocar su rostro con sus manos. Suspirando cerró los ojos y con resignación acomodó su vestido arrugado.

Me ofrecieron aparecer en lugares muy distinguidos. Decían mis seguidores que mi voz, con los años, adquiría una textura sensual y profunda. Qué ironía: como si el tiempo añejase mis cuerdas vocales para permitirles alcanzar notas celestiales.

No pude. No logré superar la huida de mi belleza. La última vez que se anunció mi presentación en un teatro, me vestí y no pude salir al escenario. Echada a la deriva en el sarcófago del tiempo renuncié a mi talento, que era la cualidad prescindible en ese instante.

Lo imprescindible, lo magnánimo, mi talón de Aquiles, eso fue lo que el tiempo arrasó a su paso. Mi belleza, lo que me definía, solo ella habita en mi punto débil.

Sakura, sentada en la audiencia, de cara a Anastasia, la vio bajar la mirada a la vez que los reflectores perdían intensidad convirtiéndola en una silueta. Estaba sorprendida, no tanto por el relato de su vida sino por la frase que hacía alusión a su punto débil. ¡Eso era lo que tenían en común! Ambas tenían una debilidad expuesta y fueron heridas exactamente allí, en el talón de Aquiles.

Myriad se hizo presente junto a Sakura. A su lado dejó que ella expresara su sentir.

—¿Tenemos todos un punto débil? ¿Por qué la vida nos golpea justo allí?

—Te estás haciendo las preguntas equivocadas. ¿Qué tienes en común con Anastasia? ¿Qué crees que hace aquí? ¿Sigues pensando que esta es solo tu obra de teatro?

—Pensé que era el dolor lo que nos unía, el embate sobre nuestro punto débil, pero es mucho más. También yo he sentido a los años custodiarme.

Como un prisionero que planea el escape, he buscado la manera de sortear el declive de mi juventud rehusándome a aceptar que ya estaba caminando el sendero cuesta abajo.

Sakura se levantó para acercarse al escenario. Esculcó entre las sombras para ver si Anastasia la escuchaba. Solo su silueta permanecía inmóvil, como si un velo dimensional las separara. Volvió hasta Myriad para proseguir su conversación.

—También yo desperdicié mi juventud. Pero nada podría hacer diferente si tuviera la oportunidad de empezar de nuevo. ¡Maldita ignorancia que nos cubre y no nos permite ver más allá de nuestro propio infierno! En mis años juveniles buscaba formas de salir del vórtice de errores y acciones fútiles, pero era imposible. ¿Cómo encontrar una salida si mis propios ojos descifraban mal las señales?

—Las personas no cometen errores que definen sus vidas porque quieren, o porque escogen a conciencia. Hacen lo mejor que pueden con las herramientas que se les proporcionaron de niños y las que adquieren para sobrevivir a la tormenta de la existencia. Tienes razón en eso, Sakura: nada hubieras podido hacer diferente.

Myriad se acercó a Sakura, la tomó de la mano. Ambas miraban la silueta inmóvil de Anastasia. La sabiduría que hubiese salvado a la diosa de Grecia brotó a consecuencia de la proximidad de sus almas, del conocimiento universal que llevamos todos enraizado en nuestra esencia.

Para todos los humanos llega una bifurcación en el camino. A cierta edad la vida te hace escoger si entras en el fuego de tu interior o pierdes tu tiempo tratando de esquivarlo. Anastasia escogió rehuir del hecho de que entraba en una nueva etapa de su vida. Supo perfectamente que para dar el primer paso en esa nueva región tendría que dejar atrás lo que la definía; su belleza impecable, su plena primavera.

Escogió basada en "todo o nada" y, como nadie lanza un ultimátum a la vida y sale ileso, sufrió un gran impacto y quedó a la deriva el resto de sus años. Ahora su belleza es solo un mito, una leyenda que nadie creería si la contemplara. No entendió la magnánima oportunidad que le brindaba la vida. Ella hubiera podido reinventarse y ganar en profundidad de carácter lo que se le esfumaba en lozanía.

Ahora Sakura canalizaba mensajes de esperanza que resonaban en cada parte de su anatomía.

El dolor producido por el golpe al punto débil es el fuego de la iniciación. Nos consume por dentro pero también nos libera. Libres para redefinir nuestra esencia, que no se basa en algo externo a nosotros. Solo así aceptamos que nuestro tiempo es limitado y perdonamos todo lo que no valoramos, pensando que siempre habría otra oportunidad.

Este fuego, si dejamos que nos consuma por dentro, nos transforma en algo mucho más calibrado, haciéndonos testimonio fehaciente de una vida transformada, cargando en nuestra mente un conocimiento sagrado y una llama inextinguible en nuestros corazones. Y así, por fin, se adquieren las herramientas idóneas para tomar decisiones enmarcadas en un tiempo preciado y limitado.

El fuego que nos envolverá entonces no será el de la juventud. Será el fuego de Prometeo, que emergió con la luz que encendería al mundo. Es una luz que solo se puede adquirir después de enfrentar la versión del infierno personal, o más bien, la pérdida de lo más preciado: el punto débil.

Myriad hizo audible la esencia de su mensaje.

—Solo así queda un ser inoculado contra los fuegos del mundo. Algunas veces solo el fuego puede apagar un gran fuego, y ahora este es el tipo de llamas que habitarán en ti. ¿Lo ves, Sakura? No es el fuego de la destrucción. Es el fuego de la victoria. El que se adquiere en la mitad de la vida.

—He visto mi juventud alejarse y, como Anastasia, no he sabido redefinirme. Mi apariencia siempre me abrió puertas, me hizo sentir afortunada. Ahora, cuando los años no detienen su marcha apresurada, siento que mi identidad tambalea. Hay una voz dentro de mí que no quiere entregar las armas. Quiero vivir, aprovechar lo que me queda de tiempo, pero me rodean situaciones adversas.

Sakura se volvió a sentar en la audiencia, visiblemente abatida. Myriad la imitó, pero con una leve sonrisa.

—¿Cómo pensar en redefinirme como persona si la muerte me sigue, olfateando mis huellas? Veo la oportunidad que se me presenta. Una profundidad en mí, la que albergará el amor y la luz para ayudar a otros, y que yace en el espacio donde antes permanecían, llenos de telarañas, mis años mozos. Estoy dispuesta a entrar en mi madurez, aceptar cada línea que se dibujó en mi rostro.

—¿Qué te hace falta entonces?

—Que la vida deje de golpearme. Necesito recuperar el aire y pensar cómo redefinir mis prioridades. Pero no es posible, tengo heridas muy graves que nublan la oportunidad de reivindicarme. ¿Cómo puede Anastasia, o cómo puedo yo, seguir adelante con nuestro punto débil violentado?

—La vida no detendrá su paso ni por ti ni por nadie. La única clave es mantener a flote la capacidad de ir soltando fardos.

—Pero, ¿cómo ser feliz si hay que decir adiós a aquello que fue el epicentro de nuestra existencia?

—Eso es algo que solo lo enseña el fuego al que ambas han sobrevivido. El dolor que las ha traído a este escenario.

—¿Aún no es tarde para Anastasia, para mí?

—Mejor contéstame: ¿Ahora sabes qué hace ella aquí, en esta obra de teatro?

—Yo me encuentro, como mujer, en el punto donde ella observó su imagen y comprendió que su juventud se había marchado. Su reclusión, la negación de su talento, su deterioro físico, se han convertido en un espejo donde me puedo observar.

—En la obra de la vida, Sakura, todas las actuaciones están entrelazadas. Su ejemplo de vida ha sido un espejo que ella sostiene en sus manos para que veas tus acciones erróneas. Ahora es tu turno de ser la luz que disipe el final gris que ella misma se ha dibujado.

—¿Puede un extraño, acaso, fortalecer aquello que consideramos tan de nosotros?

—Sí; y también tú, una extraña para ella, podrás fortalecerla. Tus palabras cruzarán hasta el escenario e impactarán su silueta, como el golpe que derrumba para crear nuevos espacios.

Sakura sabía que le quedaba mucho por entender, pero por ahora era suficiente el hecho de poder concederle una nueva oportunidad a Anastasia. Si no era tarde para ella, entonces tal vez tampoco lo era para sí misma. Recordó las palabras de Myriad: "En la obra de la vida, todas las actuaciones están entrelazadas". Una versión que se aproximaba a la versión de mitos celestiales que ella aprendió a cultivar: "Ayudando al prójimo, uno se ayuda a sí mismo".

Quizás existía una razón para su dolor, para su presencia en ese teatro. Bendijo su herida abierta, su punto débil y con la fe de aquel que porta la antorcha de un nuevo comienzo empezó a dirigir a Anastasia el antídoto para su ceguera.

Abre tus ojos, diosa de Grecia. Levántate y contempla una vez más tu imagen. Deja que tu mirada se asome la expresión profunda de tus ojos. Esa que se excavó a hierro, a fuego, a fuerza de aceptar que no queda mucho tiempo. Reagrupa tus cenizas y de ellas moldea unas hermosas alas. Tu ser ahora no solo bendecirá la tierra con tus pisadas. Tu cabellera adornará el cielo en vuelo libre. Reirás.

Sí, reirás, te deleitarás al saber que tu belleza física solo era un ínfimo reflejo de la verdadera esencia. Ahora habitas en tu alma, en la sagrada morada que nunca podrá ser vulnerada.

Dime, ¿recordarás mis palabras cuando la vida te coloque, una vez más, en la encrucijada? Escoge la vida, Anastasia. Reinventa a la diosa de Grecia y hazla una mujer que refleje el fuego de Prometeo en la mirada. Paséate por el monte Olimpo, confiada, con la mirada alta.

La vida es un constante flujo de etapas que se cierran para darnos un nuevo horizonte de esperanza. Nunca estarás sola, nunca llegará el día en que las personas dejen de inclinar sus cabezas al ver pasar tu humildad precisa y calibrada.

Tal vez hoy no te adorne la lozanía de los primeros años. Pero tu mirada sana, y tu voz, se levantará por encima de la mortalidad para regresar a posarse en los oídos de todos los que perdieron la esperanza. Haz que tu canción les recuerde lo sagrado en lo efímero de la existencia humana; serás ejemplo vivo de aquellos que son visibles por su luz interna y no por los reflectores que tarde o temprano se apagan.

Párate firme en el epicentro de tu punto débil. Mira alrededor y promulga la palabra "adiós". Baila el vals de las despedidas. Proclama ante la vida que la diosa de Grecia no se ha marchitado. Que ahora es cuando su nueva estación germina.

Una vez Sakura cesó de pronunciar sus intenciones para Anastasia, los reflectores del escenario aumentaron su intensidad hasta dejar ver a la diosa de Grecia, que ahora lucía resplandeciente, perfectamente acicalada. Una mujer madura y hermosa, en cuyo rostro se reflejaba el calor del fuego que ha sobrevivido a la noche. Instantes después su voz se liberó de sus labios y todo el teatro se impregnó con la fragancia del otoño.

Sakura no supo si Anastasia podía verla, pero estaba segura de que sus palabras la liberaron del calabozo de su punto débil. Ahora, fortalecida en el centro de su ser, estaba lista para empezar a dar sus primeros pasos en el marco de su madurez. Ya no se sentía diosa, no era necesario. Se sentía mujer. Una mujer de carne y hueso; de luz y bruma mística.

3

Fuego en ambos extremos

Las palabras del Maestro de ceremonias rebotaban en la cabeza de Sakura: "El show debe continuar". No se sorprendió al leer el nuevo nombre de la obra, ni al hombre que apareció bajo el reflector principal del escenario.

Entrado ya en los cuarenta años, alto y delgado, de piel blanca y de cabellos entremezclados entre negro y plateado. Un estilo intelectual lo caracterizaba. La sombra de barba y los ademanes lo hacían ver enigmático, rodeado de un carisma que impactaba.

Sakura, sentada apaciblemente, esperó que el hombre empezara su monólogo. Entendía ahora la manera en que se representaba la obra y esperaba, también con esta intervención, que se relacionaran eventos y situaciones en la vida de ambos. Quizás esta vez obtendría una pieza más del rompecabezas que la llevó hasta allí. Tal vez fuera verdad la idea que planteó Myriad: la existencia de todos en este universo está entrelazada.

Después de romper el silencio diciendo que su nombre era Marco, utilizó una metáfora que ilustró el nombre que aparecía en la obra.

Las velas solo arden por un lado. En cambio yo siempre tuve fuego en ambos extremos. Una bendición y una maldición, ambas declarándose fidelidad en mí. La pasión, la compasión, la ira, la alegría, en fin: los extremos. Es eso lo que caracterizó mi vida.

Cómo duele sentir tanto. El bien que se logra hacer no se compara a la herida que causa el no ser indiferente a nada. Pasé mi vida involucrado en causas nobles que necesitaban a alguien que las sintiera en el alma y que luchara por ellas sin importar el desgaste ni el tiempo invertido.

Me involucré con los niños de la calle, con causas que ayudaban a los animales abandonados, con todo aquello que golpeaba a los más débiles de manera arbitraria. Mi fuerza, mi ira frente a la injusticia, me hizo un ser tenaz que desafió al régimen de la indiferencia y el silencio.

Mi educación, el manejo de varios idiomas, me permitió permear las estructuras gubernamentales más altas buscando cambios en la legislación para ayudar a los más necesitados. Aquí, una y otra vez, me estrellé con la maquinaria obsoleta gubernamental. Esa que pone los intereses económicos sobre la necesidad del pueblo. Logré muy poco para el degaste físico que sufrí. La impotencia, el estrés, el sentimiento arrasador de tener las manos atadas, me llevó a convivir con la ansiedad, con el mal humor, con la ira generalizada.

Llegó un momento en que ya no me reconocía. La vibración que alimenta al gigante de los intereses políticos empezó a inocularse en mi psique. Ya no me diferenciaba mucho de ellos. La manipulación, el tráfico de influencias, la intimidación, la flexibilidad de principios, todas estas tácticas las usé para lograr mi cometido, que, aunque noble y altruista, no justificaba mis métodos.

Marco siguió contando su historia, haciendo pausas, con la mirada un poco baja.

Es cierto que todo lo hice para apoyar a la causa, pero dentro de mí algo empezó a envenenarse. "Para derrumbar a un monstruo se precisa otro monstruo", eso me lo decía mirándome al espejo para permitirme respirar mejor e ignorar la voz de mi conciencia.

La vida siempre encuentra una manera de pasar cuentas. Mi cuerpo empezó a enfermarse. Úlceras, estados nerviosos esporádicos, sistema inmunológico comprometido… me fui convirtiendo en tierra fértil para muchos padecimientos. Hoy, en retrospectiva, bendigo esa etapa tan difícil de mi vida. En soledad, postrado en una cama, con dolor, sin saber cómo mejorarme, fue que pude hacer un recuento de mis acciones y prioridades.

Mi mundo conocido se fue abajo. Descubrí en mí un nuevo llamado. Para perseguir este nuevo horizonte, tendría que romper lazos con mi profesión, y con todo lo que causaba en mi cuerpo tantos estragos.

Un año sabático era la solución, pensé. Una oportunidad para redefinir el rumbo que llevaba mi vida. En este tiempo retomé mi afición por la escritura. De joven escribía poemas y cuentos. Escribir siempre fluyó de mí sin esfuerzo, y tuve gran habilidad para enhebrar historias y, bueno, pasión, fuego, siempre los tuve de sobra.

Marco se quitó su chaqueta, se perdió por unos segundos en el fondo del escenario y regresó con un banquillo en las manos. Se acomodó una vez más, ahora sentado bajo el reflector.

Dejar atrás mi profesión no fue tan difícil como pensé que lo sería. Por años creció en mí una insatisfacción que me carcomía. La vida me deparaba un golpe aún peor. Fue una noche que asistí a una cafetería a escuchar un recital de poesía, de los que llaman "micrófono abierto", porque puede participar el que desee.

La vi sentada en una de las mesas del fondo. Estaba sola, pero su sonrisa dejaba saber que sus acompañantes eran la paz y la alegría.

Mi corazón dio un vuelco al observarla. No era hermosa en extremo, pero su presencia despedía nobleza, seguridad y daba indicios de tener un hermoso corazón. No me cupo duda de eso cuando alzó la mirada y me regaló esa maravillosa sonrisa.

No tuve que llenarme de valor para acercármele. Una urgencia, ese conocimiento de que oportunidades como estas no siempre pasan y la vida es una, eso empezó a arder en mi alma. Caminé hacia su mesa.

Ella fue todo lo que imaginé. Dulce, educada, exudaba carisma. Descubrimos que teníamos tanto en común mientras compartíamos una taza de café. Intercambiamos nuestros datos y, en menos de una semana, ya hablábamos a diario y nos reuníamos para conocernos mejor.

Todo lo que escribía era para ella. Le hacía llegar poemas que me había inspirado. Ella, sonrojada, me los recitaba luego, cuando estábamos juntos, anclada a mi mirada:

Si te vieras con mis ojos cuando pasas a mi lado,
la nobleza, la cadencia, la gracia de tus pasos.
El reflejo que devuelves:
Inmaculado y callado.
Tu sonrisa, que se adhiere a mis grietas,
y va sellando mis resabios...
¿Será que el viento del Este,
te reclutó para mí a su paso?
¿Cuántas veces he entrado en este mundo?
¿Cuántas veces nos hemos encontrado?
¿Escuchas el derrumbe de este plano
seudo real en el que estamos?
Si lees estas palabras, nuestras almas lo lograron.
Tenía que hacerte real aunque te disolvieras en mis manos.

Así pasaron seis meses. Cada vez me enamoraba más de ella. Hasta el día en que me atreví a pedirle explorar más que una amistad y ella respondió, con timidez, con una negativa.

Tratamos, después de ese día, de continuar con nuestra amistad, pero ahora se intercalaba con largos silencios. La incomodidad se convirtió en la tercera participante de nuestros encuentros. Poco a poco dejó de contestar mis llamadas y si lo hacía, me dejaba devastado por el tono gélido de sus palabras.

Dejó de frecuentar la cafetería, y yo que no podía darme por vencido, yo que sentía que mi amor era suficiente, me negaba a dejar ir al amor de mis días. Me sentaba en nuestra mesa y dejaba sobre ella poemas con su nombre, por si acaso aparecía.

He perdido tantas cosas. El ansia de poseer, de conocer sensaciones. Se han deslizado de mí como hojas amarillas.

Pero no he perdido la esperanza de encontrarte. Lo sé por esta intensidad que me agrieta.

Tengo miedo de enunciarlo. Decir, o escribir, que esta espera ha empezado a ejercer la abrasiva propiedad de resignarme.

Estallan voces a mi alrededor. Suplican que te suelte, que te deje descansar en el valle aquel donde deambulan los sueños desahuciados.

¿Cómo dejar de esperarte?
Mi mirada desafiante protege del destiempo las caricias para ti dispuestas.
El tiempo se viene sobre mí. Escupe sobre mi rostro la imposibilidad de tu presencia.
Sí. Soy el paria que aún te sueña. Bésame. Retira de mis labios la arena negra. Muestra a los seres misericordiosos que no eres una quimera.
Ven, toma mi mano, desvistámonos del tiempo y las ausencias.

Nunca más volví a verla. De todos los infortunios que podrían haber acaecido en mi vida, este fue el más cruel. Nunca pude besarla, dejarla sentir el torrente impoluto de mi pasión. Esa mujer, mi amiga, la de corazón noble y sonrisa resplandeciente. Ella, solo ella, habita en mi punto débil.

El reflector bajó su intensidad y Marco se sumió en una tristeza inmóvil. En una versión petrificada de sus sueños agrietados por el amor no correspondido.

Sakura permanecía con los ojos cerrados asimilando la confesión de Marco. Comprendió, casi de inmediato, que ella sería la que brindaría ayuda una vez más. Le tocó pasar por situaciones similares y las superó a pesar de lo devastador del conflicto que generaron.

Ella también hizo cosas de las que estaba avergonzada. En nombre de las buenas intenciones, también corrompió algunos de sus principios estructurales. Cuando uno está dispuesto a ayudar a los demás, a ser útil a la sociedad, nos recubre un manto de inocencia. Pensamos que solo basta un buen corazón y unas manos dispuestas a servir. Así, con las mangas arremangadas, comenzamos a luchar por un sueño, sin sospechar que la burocracia, el *status quo* y la mediocridad serán obstáculos casi imposibles de franquear.

Poco a poco se van mermando las ganas de ser útil. El sufrimiento de los seres vivos del planeta es tan enorme comparado con aquellos pocos samaritanos dispuestos a luchar para salvarlos. Se entrega la vida, el dinero, las esperanzas y hay veces que hasta la intención de ser correcto.

En las esferas gubernamentales, legislativas, que es donde se generan los cambios, impera la avaricia, los intereses de pocos, la indiferencia, el clientelismo. Para poder hacer una minúscula porción de bien hay que negociar a menudo con algunos de los que tienen las armas que lo impiden.

Sakura sintió emitir un grito desgarrador a todos sus sueños, a sus deseos de ayudar a los seres vivos del planeta. Ella también había abandonado no solo su profesión sino que enterró esa iniciativa de ayuda que siempre la caracterizaba. ¡Se dio por vencida! No pudo soportar un día más el oscuro telón que cubría su ambiente laboral. Miró su profesión como un peldaño que le agregaba valor profesional, pero al final la colocó bajo la misma repisa con telarañas donde reposaban sus más puros anhelos.

La enfermedad también llegó a su puerta. Ya no estaba segura de si la herida que supuraba sangre en su hombro era producto de esa decepción o de otra. Se retiró de su ambiente laboral nocivo para sobrevivir. Escogió la vida en vez del dinero y el estrés.

Sakura conocía muy de cerca todo lo que sentía Marco. La pérdida de un gran amor no le era ajena. Ella también sobrevivió a la devastación de la ausencia del ser amado, pero con el tiempo encontró a la persona indicada para rehacer su vida. Halló la salida al dolor dando un salto de fe, del cual no creyó salir ilesa. Abrió su corazón y sus ojos para que entraran en su radar los seres que precisaban el calor afectivo de su mirada.

Ella también puso sus ojos en un hombre bueno, pero que no la amaba. Le profesaba un cariño de amigos, de cómplices; pero nunca demostró un gesto que le dejara saber que aspiraba a más que eso. Permaneció en silencio esperando el día en que él se enamorara de ella. Guardaba su puesto de dama vigilando si sus actitudes variaban. Tales fueron sus ansias de vivir ese amor que, al ver que un año transcurrió sin avances, tomó la decisión de confesarle sus sentimientos.

Silencios, frases a medias, planes pospuestos, fueron en adelante el común denominador de la relación. Ella, para salvar lo que quedaba de su corazón, no lo buscó más y decidió que ese amor no correspondido no pesaría más.

Así fue como, el día menos pensado, un conocido la invitó a salir y la sorprendió de todas las maneras posibles. Este hombre, al que no veía como un pretendiente, se ganó su corazón y en un año estaba ya formalizado un compromiso.

Sakura, sentada en el auditorio, puso su mano derecha sobre su propio corazón, lugar donde ella sentía se encontraba su punto débil. Conectó con su dolor y allí encontró también el dolor de Marco. Sabía que necesitaba escuchar para liberarlo. La clave estaba en soltar: perdonando.

Marco, hombres como tú son necesarios. Personas que canalicen su pasión, su buen corazón para ayudar a los más necesitados. No pierdas tu norte. Deja que el dolor, la impotencia, coexistan con el amor que sientes por todos los seres vivos del planeta. No te detengas a mirar en qué has fallado, mira todo lo que has logrado. Las incontables personas y animales que han visto mejorada sus vidas gracias a tus esfuerzos por cambiar las leyes que debieran resguardarlos.

Pero este no es el único bastión desde donde luchar. La vida te dio el talento de expresarte por escrito para así llegar a muchas personas. Desde el podio de la pluma arremete contra el malvado y con tus palabras construye un refugio donde todos podamos acudir a darnos una mano.

Tus pasiones, esas de que reniegas, esas son el fuego que atizará tus ideas. Tu esperanza levantará una casta de humanos en quienes será natural cuidarse mutuamente, y a los demás seres de la tierra. Sé que al sentir con esa magnitud se desgarra en ti algo preciado, pero es necesario. Solo así podrás ser libre de las cadenas que te mantienen atado.

La vida te necesita, y por eso ha violentado tu punto débil. Una vez te pares en el epicentro de tu miedo mayor comprenderás que lo único que puede habitar allí es el desapego y el cambio de percepción. Las figuras efímeras siempre serán arrancadas para darte la oportunidad de extender tus alas.

Las palabras de Sakura impactaban al hombre con leves ondas que traspasaban su anatomía y blindaban su corazón para futuras batallas.

No huyas, Marco. Párate en medio de tu punto débil y escribe, para ella, un poema de despedida. Un poema de amor sin fin, que sea un bumerán de buenas intenciones para que siempre rodee a la mujer que amaste desde la frontera prohibida de un mañana.

Sakura se acercó al borde del escenario donde podía ver de cerca la expresión petrificada de Marco. Suspiró por él, por ella, y por todo aquel que se reviste de valentía para amar en las distancias.

Amar, soltar, seguir amando y volver a intentarlo, fue el mensaje que inundó el escenario. Marco, ahora de pie, con los ojos cerrados, bendecía en silencio su capacidad de sentir profundo y alto. Estaba listo para dejar que sus escritos fueran la plataforma idónea de sus buenas intenciones. Estaba también listo para volver a la cafetería y dejar sobre la mesa un último poema.

Abandonar la lucha es a veces un ejercicio de supervivencia.

Es necesario que quede aquí plasmado: Te he pensado, soñado, besado, amado. Tú piel me la sé de memoria como un mapa que nunca tocarán mis pasos.

Eres un reflejo multidimensional de todos mis anhelos, de mis actitudes nobles, de mis ganas de no rendirme, de mi versión de un cielo azulado.

Pero debo soltarte.

No eres para mí. Me enamoré solo, en un acto altruista y sagrado.

Antes de irme, antes de soltar este amor que nunca sospechaste, te bendigo.

Gracias por existir, gracias por encarnar el rostro sonriente de la vida misma.

Después de presenciar tus ojos, la vida y yo saldamos cuentas.

El amor llega a destiempo, no correspondido, una vez más. ¡Y no importa!

¡Te vi! Quiero gritarle al mundo que pasé por esta vida y te vi.

Pasaste a mi lado cada mañana convertida en sol. Ese que se levantaba por arriba de lo oscuro. Ese que nace en tu boca y me reviste de una armadura a prueba de futuro y de pasado.

Para ti son mis sonrisas, mis suspiros, mis plegarias.

Si este mensaje nunca te alcanza, que llegue a todos aquellos que aman en silencio, surcando las distancias. Que entendamos que el amor transforma solo con anidarse en el pecho. Que una sola mirada al amado, una sola sonrisa correspondida, logra la alquimia que vuelve a la vida divina.

Sigamos amando desde la cerca, usemos esas ansias de tocar y transformémosla en ondas de buenas intenciones que impacten al amado.

No recibirán nuestras caricias, no sentirán nuestra intensidad en sus labios. Pero en sus almas, allí donde se reconoce de antemano a los seres que para nosotros fueron destinados, allí se llevará a cabo el vals del amor unánime. Aquel que se viste de diferentes figuras y regresa siempre a la fuente de donde ha emanado.

Amemos solos. Amemos callados. Y si la vida nos da la oportunidad, confesemos a esos seres predestinados que llegamos para amar. Para quedarnos.

4

La arena negra de la desobediencia

Sakura corría por el pasillo del teatro, buscando una salida. Todo el perímetro estaba sellado, no existían puertas. Desesperada, pero esta vez a paso lento, se dirigió hacia el escenario evitando mirar la figura debajo del reflector. Llegó a las escaleras laterales y se percató de que una especie de barrera vibracional le impedía ascender. No tenía escapatoria.

Se sentó en una butaca alejada y cubrió sus oídos al mismo tiempo que cerraba los ojos y repetía compulsivamente que no podía ser, que necesitaba marcharse. Su punto débil empezó a agrietarse y de él supuraba un líquido acuoso como de un drenaje. Se percató de la presencia de Myriad frente a ella. Y sin destapar sus oídos la miró, suplicando auxilio.

Ella acercó su mano como señal para que Sakura se levantara; luego la rodeó con sus brazos. Aferrada al ser de luz pedía que el dolor parara y que la llevara fuera de la escena, donde no pudiera escuchar ni una sola palabra.

—Debes ser fuerte para escuchar el monólogo de este personaje.

—No sé si resistiré. ¿Qué hace aquí? ¿En qué clase de laberinto dimensional nos encontramos? Míralo, Myriad, no es posible su apariencia.

—Cada personaje en escena escoge cómo aparece. El punto de sus vidas que más los marcó y los definió se ve reflejado. Como si sus almas decidieran que, en el aspecto físico, esa fuera su carta de presentación.

A Sakura le sonaba lógico lo que escuchaba, se calmó un poco y llevó al escenario su mirada.

—¿Ves que no hay nada que temer?

Ambas se sentaron a ofrecer toda su atención. Sakura, con una sonrisa valiente se dispuso a escuchar el siguiente monólogo.

El hombre se veía joven y fuerte, tendría unos veintitantos años, con un brillo de desafío en los ojos. La luz del reflector se intensificó y apareció el nuevo título de la obra parpadeando con luz intensa. Así empezó su relato: "Soy Bayano y me forjé con la arena negra de la desobediencia".

Salí de una familia muy humilde y trabajadora. Las circunstancias que nos rodeaban eran como cárceles que impedían salir del círculo de la pobreza. No había dinero para nada, no podíamos darnos ni el lujo de soñar. Todos tuvimos que trabajar desde niños para ayudar y mantenernos a flote.

La voz de Bayano llenaba todo el teatro, tan potente como el rugido de un león.

Pero yo tenía sueños. Sentía en mi alma la urgencia de salir de ese ambiente de carencias. La vida, día a día, me presentaba obstáculos dinámicos que me golpeaban con sus puños dirigidos a mi resistencia. Permanecí contra el piso en mi niñez y mi juventud, hasta el día en que comprendí que para mi suerte los dados estaban echados. Sí: mi suerte estaba decidida y tendría que vivir el resto de mis días en una esquina oscura, pasando necesidades.

Bayano se golpeó el pecho, con fuerza.

Pero yo escupí la cara del destino con la arena negra de la desobediencia. Si algún tipo de divinidad tiró los dados en mi honor, más le valía pensar en una segunda vuelta. ¡No! No aceptaría un día más la pobreza.

Trabajaba día y noche. Ayudaba a mi familia y me mantuve en la escuela. Pasé toda clase de penurias. El hambre era mi compañera de cuarto. Sería mejor decir "de cuchitril": cuatro paredes con un colchón desgastado. ¡Cuánto le temía a la lluvia! Cuando caía sobre mí la primera gota, o miraba al cielo nublado, recordaba el enorme hueco en mis zapatos.

La vida halló en mí la rebeldía desafiante. Supo que era ganar o morir. Mis ojos reflejaban mi determinación a abrirme paso, con furia y sin descanso hasta alcanzar mi meta. Pagué un precio muy alto por mi insolencia. Nadar contra corriente te proyecta como un loco, y es que hay que perder la cordura para aspirar a echar raíces en una distante esfera.

Yo solo quería salir de ese entorno de carencias que me aislaba del mundo que soñaba. Fui muy listo, no desafié a la omnipotencia de la vida con mis puños, lo hice con los escenarios que mi mente forjaba. Me imaginé rico, ayudando a mi familia, honradamente trabajando. Siempre me impresionaron los edificios altos, así que pensé que si me convertía en arquitecto podría construirles un mundo diferente.

Así lo hice. Me recibí en la universidad y empecé a trabajar desde abajo hasta que veinte años después tenía mi propia firma y una empresa multinacional muy próspera. Le gané la pulsada al destino. No le quedó otra opción que declarar mi victoria y hacer una venia frente a mí.

Bayano abandonó su pose altiva y sus ademanes reflejaron que ahora hablaba desde una parte suave y apacible de su alma.

Hacerme de dinero no fue mi mayor alegría. Yo nací guerrero, para luchar, la batalla contra mi destino fue solo para pulirme, para calibrar mis armas. Mi triunfo verdadero fueron los hijos que la vida me confió. Ellos fueron mi corona de laureles.

Tuve seis hermosos hijos. Los crié ofreciéndoles todo lo que a mí me faltó. Fue una dicha y un privilegio verlos convertirse en personas de bien. Fuertes e independientes. Todos ellos menos una. Mi niña: Sakura.

El semblante de Bayano cambió de tierno a contrariado. Así lo reflejó el alto calibre de su voz.

La quise, la eduqué y le inculqué los mismos principios que a mis otros hijos. Pero algo hice mal. Algo que siempre traté de corregir, pero fallé. Desde niña fue muy apegada a mí. Su lazo primordial lo creó conmigo a muy corta edad.

En vano su madre trataba de mantenerla a su lado. Una especie de fuerza gravitacional la mantenía junto a mí.

Una sonrisa tierna apareció en Bayano.

Fue de los pocos seres que lograron traspasar las capas de acero que la vida me formó. ¿Cómo no abrirle paso dentro de mi esencia a ese ser que buscaba mi calor? Era mía. Mi niña. Y así, en un momento de total entrega, me olvidé de mi meta: hacerla indomable como la tormenta.

Yo, que siempre fui invencible, que formé guerreros con mi ejemplo, la vida una vez más me desafiaba a la batalla. Una hija que desde pequeña vi dar tumbos tratando de refugiarse bajo mis alas.

Mi entereza, mi fuerza, mi pericia las tenía bien formadas en su carácter, pero, al igual que contra mí, las circunstancias conspiraban para arremeter contra ella en cada uno de sus intentos de superar sus limitaciones y levantar su mirada.

Tuve culpa, lo sé. La oscuridad de mi infancia, las carencias que enfrenté crearon un lado oscuro en mí que permeaba hasta ella. Sé que entre los precios altos que pagué por mi desobediencia estuvieron las heridas heredadas por mi princesa.

Bayano miró hacia el techo del teatro con las manos en la cintura. Recordaba tiempos pasados y cuando sintió la melancolía en su corazón, cerró los ojos y siguió hablando.

Cuando nació Sakura me ocurrían cosas extrañas. Sentía un llamado por dejar mis metas externas y dedicarme a explorar mi alma. El llamado de las alturas. Una especie de identidad espiritual emergía de mí, y chocaba con mi afán de hacer dinero.

Debí tomar una decisión. Una puerta se abría para llevarme más cerca de esa fuerza que algunos llaman Dios. Otra puerta me llevaría a tener lo que siempre quise. Bendije a ambas, y con el respeto a todo lo divino y mi fe en que nunca sería desprotegido, me dirigí al umbral de las riquezas.

En honor a esa maravillosa oportunidad que se me brindó, y agradecido a la divinidad que tanto me dio, escogí para mi hija, la que estaba a punto de nacer, su nombre: Sakura; la flor del cerezo japonés. Entendía el significado espiritual que tenía este nombre. Una invitación a despertar al verdadero sentido de la existencia. Como la invitación que se me ofreció a mí. Deseé, para el retoño que venía en camino, esta oportunidad de adentrarse en el mundo del espíritu y añorar algo más de lo que puede ofrecer el mundo.

Y así arribó Sakura, mi cuarto retoño. Desde pequeña demostró ser fuerte y no le temía a los cambios que la vida le iba presentando. Pero algo pasó a medida que el tiempo transcurría y sus pruebas existenciales iban arreciando. A la edad en que los hijos ya han hecho sus familias, Sakura regresó a casa visiblemente abatida.

Ya no hablábamos como antes, largos silencios nos separaban. La trataba con fuerza, a propósito, para crear en ella una coraza que la protegiera de aquel acontecimiento y así pudiera, al fin, encontrar el camino y formar su propia familia. No fue así. Sakura parecía haber hecho un pacto con su oscuridad. Funcionaba con fuerza, con decisión frente a mí, pero ella podía engañarlos a todos menos a su padre. La tristeza, la ansiedad, el dolor se convirtió en la mansión oscura donde se retiró a esconder el punto débil de su corazón.

Yo, el hombre fuerte, invencible, por primera vez en mi vida me encontré atemorizado. La vida resultó ser más audaz que mi rebeldía. Conmigo no podría salirse con la suya. Ya más de una vez, en batalla campal, logré bajarla a sus rodillas. Pero encontró mi talón de Aquiles; la que no tenía las armas para confrontarla. Sakura, mi niña, la vida lo sabía: habita en mi punto débil.

Sakura empezó a respirar rápido y entrecortado. Escuchar que ella era el punto débil de su padre hizo que su visión espiritual se aclarara y entendiera tantas cosas que llevaba por dentro. Como atando cabos, empezó a hilvanar eventos desde su niñez hasta ahora. Eran verdades muy poderosas, de esas que al salir de nuestra oscuridad rompen con todo a su paso. Y cómo duele el desgarro de lo falso. Ese tejido atrofiado como la percepción que ella tenía del pasado.

Bayano hizo una pausa, e igual que pasó con los otros, los reflectores bajaron y el escenario se ensombreció. Sakura buscó algo dentro de sí para ayudar a su padre, pero estaba abismalmente vacía.

Miró a su alrededor y las demás sillas ya no estaban, tampoco Myriad. Ya no daba la impresión de ser la audiencia de un teatro. Las paredes del lugar eran negras, rugosas. En el techo, grandes candelabros cubiertos con telaraña. El piso bajo ella se notaba agrietado, cubierto de un fino polvo gris. Caminó hacia el fondo, alejándose del escenario. Vio dos puertas con cadenas entrelazadas en sus maniguetas; ni una sola ventana. Trató de sacudir las cadenas pero estas estaban apretadas y el candado que las unía ni siquiera tenía dónde insertar una llave.

La ansiedad empezó a ascender cuando entendió que carecía de escapatoria. El teatro acogedor en el cual observara detalles de su vida ya no estaba. Ahora era un lugar macabro donde solo permanecía el escenario y su padre, parado bajo la sombra que producía la leve luz del reflector.

Corrió hasta el escenario a pedir ayuda, pero antes de llegar vio cómo la luz volvía a alumbrar a Bayano, haciéndolo proseguir con su monólogo.

Sakura se detuvo, atónita, sin más remedio que escuchar.

La vida, la maravillosa vida, no la entendemos a veces sino en retrospectiva. De haber sabido a mis veinte lo que sé ahora me hubiera ahorrado tanto dolor. Pero el campanazo que indica que el fin se aproxima nos llega a todos.

Con un pequeño malestar vinieron unos exámenes y luego la noticia que todos quisiéramos no escuchar jamás. La palabra "cáncer" asusta a todos sin excepción, por fuerte y valiente que seas. Hay personas que escuchan este diagnóstico cuando ya es demasiado tarde, a otros se les brinda, como a mí, la oportunidad de luchar.

Bayano respiró profundamente y resurgió su voz de trueno.

A todos nos toca morir tarde o temprano. Cuando se aproximan los setenta años esta es una premisa que sentimos agazapada en los labios. A mí me tocó escuchar el campanazo llamado cáncer y como buen guerrero que soy me preparé para luchar.

Aquí estoy —se tocó sus brazos y su cara, con fuerza—. No me he ido aún y espero poder seguir dando la batalla igual que tantos valientes como yo aquejados por esta enfermedad. Sigo adelante, ahora con más alegría porque he podido saborear los contrastes de la vida. He definido en cuál de los extremos quiero vivir: si en el de la esperanza o el de las estadísticas.

No sé qué me depare el futuro, solo sé que tengo algo muy importante que hacer antes de que las rejas del jardín sagrado sean adornadas en honor a mi llegada.

Sakura sentía un volcán haciendo erupción en su pecho, dejando libre toda la lava.

He venido por ti, Sakura —y la miró directamente a los ojos.

De pronto, sobre el escenario descendió una espesa neblina. Ella empezó a retroceder para evitar que la rozara. No lo hacía con celeridad, quería saber si allí aún se encontraba su padre.

La cortina de aire gris bajó y dejó expuesta una pared, como si nunca hubiera existido el escenario. Giró hasta mirar la circunferencia en donde se encontraba. No pudo soportar tanto peso en su corazón y, como sabía que no existía salida del lugar, se derrumbó sobre el piso, abrazando sus piernas en posición fetal.

Recuerdos de su niñez, adolescencia y madurez venían a ella acompañados de la imagen de su padre. Su alma empezó a estirarse con jalones que la hacían gemir de dolor, de desesperanza. La realidad se erigía ya visible en el horizonte: algún día le tocaría decirle adiós a su papá.

Trató, como en un acto involuntario de supervivencia, imaginarse su ausencia y fue allí donde la desesperación superó sus fuerzas. Sabía que su punto débil se desmoronaba y en ese mismo abismo perecería sin querer dar la batalla.

Las dos puertas del fondo permanecían ahora abiertas con las cadenas en el suelo, reventadas. Una luz tenue se podía ver a través de ellas. Sakura supo que se le presentaba la oportunidad de escoger hacia dónde dirigirse en este punto de su vida. ¿Cuál de ellas sería la opción para un alma cansada de luchar que solo desea que el dolor acabe? ¿Cuál de esas dos puertas podría comprarle más tiempo con su papá?

Cerró sus ojos, pidiendo tregua, cuando de pronto sintió la necesidad de verlo una vez más. Valía la pena intentar salir. A duras penas se incorporó y, arrastrando los pasos, con desaliento se dirigió hacia ambas puertas.

Mientras cruzaba el umbral, permitió que su desaliento saliera de sí como el que riega flores en un campo santo donde reposan los imponderables humanos.

Tu voz está aún conmigo, pero se aleja. Como si proviniera de un lugar que trae consigo afiladas esquinas que me atraviesan. Es tu voz. Y la recibo como el recordatorio de mi existencia. Porque sin ti no sé si hubo llanuras soleadas donde descansaron mis miedos, o mis tristezas.

En tus manos, mi esperanza y todas mis sonrisas comiendo de ellas. ¿Será que vuelve mi corazón a ti como ave que anuncia la tormenta? ¿Y esta brisa gélida que me rodea? Dime: ¿cómo me explicaré tu ausencia? ¿Habrá palabras que surquen el abismo de mi mirada en aquella época?

Hoy fue difícil respirar, y como siempre en mi ser se erigió tu silueta. Diciéndome que sobreviviré, que estamos aquí, y eso es solo lo que cuenta. Mi cuerpo frágil, tembloroso, lo has cubierto con un manto de entereza. ¿Qué pasará cuando ya no estés y mi mundo, tras de ti, desaparezca?

Aquí resurge una vez más tu voz. Con fuerza. Con tono de alerta, me ordenas que me levante, que dibuje otra quimera. Miro a través de ti. Acato tu mandato disfrazado de trueno y de tormenta. ¡Seguiré adelante, papá! Recordaré quién soy y cómo me forjaste, con la arena negra de la desobediencia.

5

La mansión de naipes negros

Parada frente a ambas puertas, sin saber si tomar la izquierda o la derecha, se rehusaba a dejarlo al azar. Fue entonces cuando, al fondo de una de ellas, vio una señal: el número 7. Así fue como entró por primera vez al teatro, siguiendo esa misma indicación en el túnel reflejado en los ojos de su padre. Avanzó, segura de que no era una coincidencia.

Era una estructura residencial con un aspecto abandonado. El piso crujía aunque trataba de dar pasos livianos, lentos. Sentía miedo de las sombras que se movían y de los aullidos que hacía la brisa que corría libre como si no existieran las paredes.

Sakura no esperaba nada bueno de este recorrido. La puerta que no escogió, estaba segura, también conduciría a un lugar funesto. Todo estaba comprendido dentro de esta mansión macabra. Hasta el teatro donde se representaba la obra de su vida.

Ataba cabos de todo lo que veía mientras esculcaba entre los adornos de la habitación, cubiertos de polvo y telarañas. Varias fotografías sobre una repisa captaron su atención. Se acercó y limpió el cristal de una de ellas contra su vestido. En ese instante supo el porqué de su presencia en ese lugar.

Era una foto con su padre en una reunión familiar, un tiempo antes de que él fuera diagnosticado con cáncer. Sakura cerró los ojos y se transportó a los eventos que ocurrían en esas fechas.

Ya el mayor caos en su vida había ocurrido: cambio de trabajo, rupturas amorosas y aflicciones por el estrés. Cuando ella creyó finalizada la parte difícil fue cuando empezaron los problemas de salud. Nada grave, pero le causaban dolores debilitantes. Vivir día a día con dolor va erosionando la psique y el alma. Sakura sentía una ira que empezaba a ensancharse hasta que abarcó todo su corazón.

Sus pensamientos no volvieron a ser iguales. Ya no era la mujer optimista que a todos regalaba una sonrisa. Sus palabras podían ser toscas y cortantes. Sus familiares y amigos la veían con la mirada baja, para evitar la detonación de un episodio de ira sobre ellos. El estrés al cual se vio sometida causó estragos tan grandes que su cuerpo pagó la factura.

Su solución fue aislarse. Olvidarse del mundo a excepción de eventos urgentes y reuniones familiares. La foto que sostenía en las manos correspondía a uno de esos encuentros; aparecían los dos, lado a lado, conversando. En ese momento captado por la cámara, su padre le preguntaba qué le sucedía y ella respondía que no era nada, que solo se trataba de un mal día.

No se lo creyó y adujo que a todos podía engañar, menos a él. Le pidió que fuera a su casa la semana siguiente para conversar, advirtiéndole que sería mejor que, para entonces, tuviera una mejor percepción de lo que le pasaba.

Esa reunión entre padre e hija nunca se dio. Bayano se enfermó y en menos de dos meses vino el diagnóstico, la operación y las primeras rondas de quimioterapia.

Si la ira de Sakura ya estaba afincada en su corazón, ahora con la noticia de la enfermedad de su padre, no veía salida. Rabia disfrazada de tristeza, esa es la peor. Llorar desde el punto más lejano de Dios. Ese perímetro en nuestro ser donde nos sentimos desprotegidos y donde ni siquiera la mano del Ser magnánimo puede rescatarnos. ¿Cómo puede un ser intangible salvarnos de las máximas humanas? ¿Ha podido alguien evitar la muerte de un ser querido? Su ira se convirtió en "el enemigo" que, sentado en el trono de su cuerpo derruido, agitaba su mazo en avanzada hacia su refugio.

Con la fotografía aferrada a su pecho, Sakura personificaba un sismo. Su intensidad estremecía su propio cuerpo, de tal manera que se agudizaban todos los dolores con los que convivía a diario. Se desprendían cosas dentro de su ser. Lastres, suciedad, putrefacción, estructuras carcomidas por el comején, todas se despeñaban causando en ella una atroz demolición.

No solo la ira la trajo aquí, sino también sus errores y esa fatiga existencial que le impedía corregir el camino y seguir adelante. Acurrucada en una esquina oscura de su corazón, Sakura permaneció inmóvil, recibiendo golpes, esperando que la tormenta se apaciguara. Pero el vendaval de nuestra esencia no se aplaca mientras nos sintamos rendidos en batalla. La vida consiguió derribar a Sakura años atrás. Ahora se acercaba a ella y la sacudía para despertarla en un horizonte de calma. Porque la vida enseña a golpes y luego te corona con caricias. Caricias que en el filtro mental de Sakura se sentían como dagas que perforaban su último vestigio de esperanza.

Pero la vida siempre guarda un as bajo la manga. Para liberarla del calabozo existencial donde se encontraba, necesitaría una estrategia cuidadosamente diseñada. Y así fue como el día menos pensado llegó el amor. Sakura se enamoró como siempre lo soñara, de un hombre bueno, hecho a su medida. Le entregó su corazón, que ya iba golpeado, zurcido con tristeza, y con ira. Bendecía el hecho de que en el momento más difícil, cuando estaban entregadas sus armas, apareciera alguien para hacerle ver que la vida aún tenía mucho que ofrecerle. Pero las dudas también reinaban. ¿Y si se marchaba al descubrir las cicatrices patentes en su mirada?

¿Cómo pudo el suceso más devastador llegar de la mano del amor? ¿Plan divino para rescatar a un alma que aún no ha cumplido con lo que vino hacer en este mundo? ¿Podría la vida transformar los harapos de Sakura en vestiduras majestuosas que le entregasen el verdadero reino de luz que ella habitaría?

Sakura hizo un esfuerzo titánico en nombre de su amor. Su comportamiento, sus sentimientos los recluyó en compartimientos estancos. Cuando estaba con su novio era dichosa y entregaba lo mejor de sí. Cuando escuchaba de los tratamientos de quimioterapia de su papá, de los efectos secundarios, se doblaba de tristeza. Se convirtió en una malabarista.

Por un tiempo, con gran esfuerzo mantuvo cada cosa en su lugar. Hasta que llegó el degaste que produce vivir fragmentada. La congoja, el sentimiento de desprotección empezaron a permear dentro del refugio que le ofrecía ese amor. Su novio comenzó a verla entre triste y enojada, entre cansada y rendida, indiferente a un horizonte de esperanza.

Ella trataba de mantenerlo al margen, pero ¿cómo, si se derrumbaba y precisaba caricias dirigidas a esas zonas devastadas? Daba cariño a manos llenas, como el que paga una deuda aún no adquirida. Lo amaba con la necesidad de un moribundo.

Sí, Sakura agonizaba en el punto débil de su desventaja.

Así logró sobrevivir hasta el momento en que su novio le propuso matrimonio; entonces, una vez más la dicha y la amargura llegaron tomadas de la mano. El momento esperado durante toda la vida llegaba, aunque escoltado por el desgaste y la melancolía. El principio del fin para la mujer que, queriendo vivir su amor, se veía vulnerada por un centro inexistente. En su alma se profundizaba el vacío cada vez más. Su punto débil era destruido por la mortalidad; una de las máximas sentencias humanas.

Y fue allí, en el ensayo de su propia boda, cuando Sakura se desvaneció en los brazos de su padre. Mirándose a los ojos, mientras Bayano la sostenía, recordaron a la par aquella reunión que iba a tener lugar entre ambos para hablar de lo que le sucedía.

En ese momento en que la vida amenazaba con llevárselos a ambos, un portal se abrió y recordaron una promesa atemporal pronunciada por sus almas.

Quedaba algo por hacer. Ninguno de los dos podría marcharse aunque quisieran. Solo bastó un segundo para atar los cabos existenciales de más de una vida. Sus ojos, aferrados, daban pie para que sus almas despertaran de la ilusión que les hacía creer que solo existía esa vida y que en algún momento se separarían. Un vals de amor en medio de funestas circunstancias. Una promesa que se repetía seis veces, hasta ese momento en que se pronunciaba por séptima vez.

Fue Bayano quién absorbió más rápido el impacto de la revelación que se les daba. La puerta espiritual que se abrió frente a él en su juventud volvió a extenderle la invitación a penetrar en el mundo del tiempo eterno. Sintió gratitud y entendió que la vida le ofrecía nuevamente la oportunidad de cumplir con su principal misión.

Bayano entró al mundo invisible de su espíritu, no sin antes decirle a Sakura:

—Mira dentro de mis ojos. Sígueme al mundo donde se sanan las heridas. Existe una promesa. Es tiempo. Date prisa.

Sakura se desvaneció a la entrada de la iglesia. Siguió a la voz de su padre y el número 7 reflejado en el túnel profundo de su mirada.

Sus sentidos la hicieron regresar a la mansión oscura. Puso la fotografía en su lugar entendiendo que su vida arribaba al final. Todo lo que sintió al caminar del brazo de su padre en el ensayo de su boda regresó a su corazón impactándola como una bola demoledora.

La divina providencia le brindaba la oportunidad de realizar su más grande sueño: casarse, con su papá presente. Se sentía inmensamente bendecida y a la vez presa de una gran desdicha. De nuevo la danza de los opuestos girando a su alrededor en el vals unánime que congregaba a los invitados del tiempo.

Ella dio los primeros pasos dentro del templo en el ensayo de su boda. Cuando divisó a su novio, entendió que para tomar su mano tendría que soltar la de su papá. Ah, extraña tristeza que la corroía. ¿Cómo dejar atrás al centro de su corazón, a su refugio, a su gran amor? Una vez más la vida impactándola de frente. No era cuestión de escoger, más bien era necesario entender que el tiempo se agota para el extremo que sonríe y para el extremo que se desvanece. Y nosotros, los humanos, vagamos a tientas en esta polaridad que nos permite ganar perdiendo y también llorar a carcajadas.

Sakura, rebasada por sus emociones, supo que no podría dar el salto. Decir un sí a su amado sabiendo que una despedida se asomaba en el horizonte. Se negó a aceptar su felicidad en mancuerna inseparable con la desdicha. Rompió la fluidez de los opuestos.

La vida, desafiada, recordó la cepa de estos guerreros. En la mirada de la mujer reconoció la desobediencia. Se preparó para la batalla y aceptó el reto de Sakura. La ofensiva ya no avanzaría a su realidad física, lo haría hacia su punto débil; en la mansión de naipes negros.

Sakura decidió explorar la estancia, por tenebrosa que pareciera. No sabía las dimensiones del lugar, solo se veían dos habitaciones al fondo. Se dirigió a la primera de ellas. Era una sala vacía excepto por dos butacas, una frente a la otra. Las paredes estaban revestidas por unas molduras ostentosas, pero opacadas por el polvo y las telarañas. Se sentó en una de las sillas presintiendo que más que exploración esto sería un reencuentro.

Lo vio cruzar el umbral del salón en su dirección. Venía sonriente, a paso lento, surcando sus cabellos con sus dedos. Se sentó frente a ella en la otra butaca. Ambos se tomaron de las manos y miraron al fondo de sus almas.

—Ahora me toca a mí ayudarte, Sakura. Tú y yo tenemos mucho en común: ardemos en ambos extremos. El amor lo sentimos muy profundo, como una fuerza arrasadora, y esa misma intensidad nos hace temer que perderemos al ser amado.

—El amor se me escapa, Marco. La oscuridad de mi tristeza empaña cada uno de mis actos. Con rabia, con saña, me abalanzo a detenerla y solo logro causar más heridas, más distancia. Temo que las circunstancias lo alejen, que prefiera un suelo más estable para echar raíces...

Sakura sentía arder su pecho con la intensidad de un tronco seco en medio de las llamas.

—¿No ves acaso todas las contrariedades que

me atenazan? ¿Cómo podría quererme, cómo podría quedarse?

—Si vieras cómo te vemos los que tenemos la oportunidad de habitar tu periferia. Has sobrevivido grandes pérdidas, convivido con el dolor físico y luchado para defender tu parte débil, tu parte buena. Yo, él y cualquiera se sentiría orgulloso de darte un sí y de convertirte en su esposa. Suelta tus miedos, Sakura. El amor llegó equivocado muchas veces, pero ahora…

Marco se levantó, y Sakura tras él.

—Le dijiste sí a medias al amor. Apostaste a la muerte, no a la vida. La tristeza que sientes por lo que le ha tocado vivir a tu papá solo enriquecerá el amor que ambos sienten, te agregará profundidad. Si te ama, él te apoyará; sus brazos serán refugio para cuando llegue el día que todos tendremos que enfrentar.

—¿Y qué hago con este dolor que a veces me embarga? Ya no puedo contenerlo y no puedo seguir fingiendo que no existe.

—Deja libre su torrente. Deja que lo bañe como río de agua clara. Si te ama no habrá manera de que logres ahuyentarlo. Confía en la vida, que te da la oportunidad de formar tu propia familia.

Marco y Sakura se unieron en un abrazo, y se separaron luego con un adiós sin melancolía.

Entró a la siguiente sala, el último sitio al que tenía acceso en la mansión, y la vio, parada de espaldas, contemplándose en un espejo resquebrajado. Sakura se acercó con las pisadas livianas y le rozó con la mano el borde de su vestido griego.

Anastasia la esperaba con alegría, la abrazó sabiendo que sus palabras en el teatro le devolvieron a la diosa de Grecia, que por siempre viviría en ella a pesar de las arrugas.

—¿Qué me dirás que me ayude a salir de esta mansión macabra?

—También yo pensé que me encontraba en un lugar funesto, pero comprendo ahora que ha sido una bendición conocerlos. ¿No te has preguntado qué tenemos todos en común, además de nuestros puntos débiles? Yo lo descifré ya. Mi papel en esta obra termina aquí contigo.

—¿A dónde irás, Anastasia? ¿Hay vida después de la muerte?

—¿Quién dijo que este es un final? ¿No será acaso la pista de despegue para una dimensión más elevada? ¿Podrías seguir siendo feliz con las herramientas de supervivencia que empleabas en tu realidad? ¿Qué te trajo aquí?

—Me interesa más que me digas cómo salgo de aquí.

—De aquí solo puedes salir tú. Tú tienes la llave que abrió la puerta en la entrada y tienes la llave que abrirá el cerrojo cuando estés lista.

—¿Lista para qué?

—Para la despedida.

Sakura abrió los ojos abruptamente al escuchar la clave de su liberación. Abrió su mente y su corazón. Tal vez existía una oportunidad de regresar a su realidad física. Abrazar a su amado y dejar que su padre la viera fortalecida.

—La vida es un eterno vals de despedidas. A mí me tocó despedirme de mi lozanía, de la época que idealicé desde niña. Con el tiempo tendremos que decirles adiós a personas, a grandes amores, a los tiempos buenos, a las desdichas; a todo.

Anastasia clavó su mirada en los ojos de Sakura.

—Decir adiós no es más que soltar. No significa que dejarás de desear, de amar; solo que aceptarás la premisa de que todo es pasajero, todo es una bendición, todo es una enseñanza.

—Le he dicho adiós a tantas cosas en mi vida, con gallardía. Pero no puedo…

—¿Despedirte de tu padre?

Sakura cubrió su rostro con ambas manos para cubrir sus lágrimas. La diosa de Grecia la abrazó, a la vez que seguía bañándola con palabras de consuelo.

—¿Viste cómo te despediste de Marco, solo para entrar en esta nueva habitación? Pensaste que no lo verías nunca más, ¿cierto? Mira detrás de ti.

Giró la cabeza y allí parado se encontraba Marco.

—La muerte solo es eso. Uno cambia de habitación y allí nos esperan nuestros seres queridos en la dimensión del tiempo eterno. Tú aún tienes a tu padre. Regresa a bendecir los días que él sigue presente en tu camino. Dale el descanso de corroborar que eres fuerte y que el día que él falte no solo sobrevivirás, sino que serás inmensamente feliz, en honor a su legado.

—No sé cómo pronunciaré algún día la despedida mirándolo a los ojos sin que se asome a los míos mi agonía.

—¿Acaso nunca has bailado el vals unánime de las promesas que unen vidas? No hay fin, Sakura. Hay almas que viajan juntas hasta que todas hayan realizado su propósito de amor y valentía.

Anastasia profundizó en el concepto de la rencarnación en grupo. Explicó que hay una teoría relacionada con la reencarnación y el karma que se trata de las almas que viajan o se desplazan a través del tiempo, juntas o en grupos. La teoría también cubre los efectos de las relaciones pasadas y cómo influye en la reencarnación de las relaciones individuales y colectivas de las almas.

La evidencia de este fenómeno son los casos en los que la persona siente una cierta conexión fuerte hacia alguien. Que hay almas que se mueven juntas o reencarnan juntas en una generación, y que esto ocurre en ciclos continuos a través de largos períodos. La reencarnación de las almas sucede de modo repetitivo durante eras o edades, y existe un vínculo creado que también ayuda a que las almas se unan y creen una atracción o fuerza que les obliga a permanecer en el mismo grupo.

—¿Almas que viajan juntas? Sí, eso somos mi papá y yo, lo he sentido siempre.

—Hay una gran posibilidad de que los miembros de dicho grupo pueden estar relacionados como familia. Haber nacido en un mismo núcleo no es solo azar o casualidad. Un niño nace en una familia por una razón y la razón es el karma y la conexión del grupo de almas. La unidad más importante de una sociedad es la familia. La reencarnación también los afecta porque hay experiencias concretas que afectan a la vida familiar y las relaciones. No son solo ustedes, también nosotros, y otros. Todos en una celebración divina, cumpliendo la promesa que nos ha seguido hasta esta mansión de desdicha. Pero ya es hora de recordar nuestro propósito. De salir del lado de lo oscuro y reclamar la luz que somos, de donde provenimos.

Anastasia, Marco y Sakura se tomaron de las manos. Formando un círculo empezaron a dar vueltas al compás del vals de las despedidas. Embriagados por la velocidad, recordaron que eran uno y que la vida les daba la oportunidad de descubrir la eternidad agazapada en el punto débil de sus almas.

Sakura ahora sabía que solo ella podía liberarse de la mansión macabra. Con la explicación de Marco y Anastasia tenía claro de qué acciones debía emprender una vez regresara a su realidad física.

Corrió por toda la estancia, pero estaba abandonada, sola. No existían puertas ni ventanas. La ira empezó a manifestarse una vez más en su pecho. Su frustración la hacía dudar de su fortaleza y habilidad para escapar del lugar.

La mansión empezó a temblar, a desmoronarse. Fragmentos de piedra caían cerca de Sakura. El sismo de su ira se percibía a su alrededor. De pronto todo quedó quieto, sin un solo ruido. Asustada, contemplando el fin, cayó en al suelo, junto a los escombros. Su mente empezó a traicionarla. Más bien el enemigo invisible que en su pecho habitaba empezó a reflejar escenarios funestos en la pantalla de su mente fragmentada.

Bayano llegó al umbral de la mansión de naipes negros. No podría entrar, lo sabía. También sabía que dentro de las paredes de sus miedos se encontraba presa su hija. A él le tocaba fortalecerla. Hay cosas que solo un padre puede entregarles a sus hijas. La confianza en ellas mismas y el amor incondicional que siempre las resguardará a través de esta vida y de lo que exista más allá.

Bayano puso la palma de su mano derecha sobre la puerta que parecía respirar. A pesar de los ruidos del derrumbe que escuchaba, profirió el hechizo que liberaría a su niña de las garras del enemigo.

En un perímetro de luz, rodeada de un paisaje lleno de colores y de vida, se encuentra la mansión de naipes negros.

Tambalea el castillo de cartas, amenaza con derrumbarse. Sus paredes intangibles, como lo son sus angustias, sus arrepentimientos, crujen en la víspera del fin.

Erigida en medio de su alma, su estructura tenebrosa contrasta con la luz de la esencia de Sakura. Penetro su interior con un propósito en los labios: romper las ataduras que aprisionan a la niña. Mi niña, la de alas frágiles y ojos tan nobles como la inocencia misma.

Esta será mi batalla más cruenta. La que evité por cobardía. La que me devolverá a la temporada de mis días en harapos.

En medio de esta mansión impía, reconozco que está hecha de su más profundo miedo: Habitaciones de abandono, de carencias, de golpes que sortean la carne y van a parar a un alma desprovista de malicia.

El Enemigo se sienta soberano en su trono de temor y despedidas. Unánime en su poder, seguro de que en sus garras reposa titilante el corazón de Sakura. ¿En qué momento hizo un pacto con lo oscuro para conservar para siempre el reflejo de mi vista?

Mi niña buena, la que nunca pude separar de la sombra que iba dejando mi prisa. ¿En qué momento me hice indispensable para su alegría? Yo, que quise hacerla fuerte como un árbol en medio de la brisa intempestiva, fallé al prometerle que su padre era invencible y que jamás nuestras manos se soltarían.

Conozco a mi hija, su alma ruge en medio de una prisión de paredes frías. En medio del derrumbe de su mansión oscura, invoco al enemigo. ¡Tiembla, Tiembla la mansión de naipes negros! La siento levantarse de la sombra alucinante de su dolor. ¡Abre tus ojos, Sakura! No le temas al impostor que asegura que algún día olvidarás el sonido de mi voz.

La luz está cerca. Una mansión resplandeciente que reclama tu presencia. En el trono del perdón. Allí en el reino de tu propia luz. Tu mansión sagrada. Esa que adentrarás para nunca más dejarla. Mi recordatorio colgará de su entrada como un faro que te regresará siempre a casa: "Eres fuerte, cepa de guerreros, heredera al trono de los que escogen al amor por encima del miedo".

Sakura liberó un grito proveniente de la fortaleza heredada de su casta. La mansión se derrumbó como si fuera de naipes. Paredes, techos, lámparas, todo caía sobre ella sin causarle daño. La ilusión yacía en el suelo, al igual que sus miedos, y la mentira que representa morir y extrañar a alguien que vive por siempre en nuestros recuerdos.

6

El león enjaulado

Acercarse al perdón es una experiencia que transfigura. Un proceso por el cual la persona se transforma y se aliviana la carga negativa y los paradigmas más rígidos se trasmutan en desapego. Simplemente la persona suelta todo el odio por la borda hasta que el último vestigio de ira desaparece. El resultado de esta revolución interior es similar a una renovación esencial, a una restructuración donde el "yo" descansa y se reinventa.

Perdonar no es borrar la falta cometida. No se trata de dar una absolución. No se puede deshacer la falta solo con desearlo, como si tuviéramos un poder sobrenatural. Tampoco es otorgar clemencia. Nadie es quien para decidir qué tipo de castigo se merece alguien. No se trata de renunciar a nuestros derechos o negociar con los principios y valores que nos definen.

Perdonar es recordar sin odio, es extinguir el rencor y eliminar los deseos de venganza. Es hacerle el duelo al resentimiento. Implica enfrentarnos a nuestros enemigos sin odiarlos, movidos básicamente por la convicción. Se trata de adquirir la tranquilidad del alma. Alcanzar la paz interior para que luego se refleje fuera.

Sakura presenció el derrumbe de la mansión de naipes negros y salió ilesa. Solo cuando observó desvanecerse los escombros entendió que estaba erigida sobre su punto débil. ¿Pero ahora qué quedaba en su lugar? Una tenue luz la envolvía, tan leve que la oscuridad aún era la presencia predominante. Quiso avanzar para explorar el sitio en que se encontraba, pero se detuvo.

Sintió la necesidad imperiosa de hacer un recuento de todo lo vivido desde que entró al teatro. Ahora su ira se había esfumado, y en su lugar estaban los arrepentimientos, el dolor por las acciones erróneas y el resentimiento por aquellas circunstancias que tanto la marcaron.

Sabía que era tiempo de perdonar, de perdonarse; y así lo hizo. Años atrás ya había comprendido la esencia del perdón. Pero ¿se sentía libre internamente? Ya Sakura no diferenciaba muchas emociones dentro de sí. Se habían mezclado tanto, unas contaminadas por otras, unas sirviendo de muletas a las que más desgastadas estaban. Se limitaba solo a hacer el trabajo interno: perdonarse como el que riega pesticida con la esperanza de que elimine las alimañas.

Sakura perdonó a su pasado utilizando el camino del amor. Cuando se siente un amor profundo por uno mismo, el perdón sobra. Utilizó también el camino de la comprensión. Entendió que tanto ella como otros hicieron lo mejor que pudieron con las herramientas que tenían en el momento. Y en tales circunstancias prevaleció la ceguera que invadió por igual a las víctimas y a los victimarios.

El desgaste tan grande que sentía en su interior la llevó a soltar y a aceptar que la vida siempre pondrá a nuestro paso obstáculos que, al rebasarlos, nos causarán heridas. Un proceso que no terminará mientras estemos encarnados en el plano físico, pero que podremos manejar si vamos soltando los resentimientos a medida que van brotando.

Ahora, en el corazón de Sakura no cabían ni iras, ni rencores, ni arrepentimientos. Coexistía con ella una profunda aceptación de lo que le presentaba la existencia. Tal vez fue por esa misma actitud de humildad y desapego que su visión se aclaró y pudo ver esa luz tenue que la rodeaba, incrementándose en el horizonte cercano.

Caminó en esa dirección con la seguridad de que caminaba sobre el terreno donde antes se encontraba su punto débil. Un suelo ahora árido y desprovisto de toda vida. La soledad embargaba su corazón y se sentía como la única transeúnte en el sendero tortuoso de las despedidas.

Avanzó hasta llegar a una estructura majestuosa, que daba la impresión de ser una estancia de cuentos de hadas. ¿Estaría este lugar también dentro del espacio baldío de su alma? Se sentó en el piso de las escalinatas del umbral a descansar.

—Veo que encontraste tu centro, Sakura— Myriad se abrió paso hasta quedar frente a ella.

—No me sorprende verte aquí. Te esperaba. La existencia de todos los seres vivos está entrelazada. Eso me dijiste. De alguna manera, si estás aquí conmigo en esta encrucijada es porque eres parte de mi grupo.

—Veo que Anastasia te explicó muy bien sobre las almas que vuelven juntas. Yo no soy una de ellas. Los seres etéreos como yo evolucionamos desde otras dimensiones, en niveles superiores de la conciencia. Pero estuviste muy cerca de acertar. Yo y otros seis más somos los seres de luz asignados a tu grupo de almas.

—¿Ustedes son 7?

—Ustedes también lo son.

—Solo sé de cuatro: mi papá, Anastasia, Marco y yo.

—Debes entender algo, Sakura. Todas las almas son vibraciones divinas. Proyectadas aquí en el plano físico, no todas reflejan luz. Hay algunas que se hacen voluntarias para la oscuridad.

Sakura no entendía, pero abrió su mente. A este punto de su travesía sabía que toda información era pieza clave en el rompecabezas de su experiencia espiritual.

—Hay almas que juran regresar a cumplir una

promesa. Una promesa impregnada de amor. A unas se les asigna luz y a otras, oscuridad. Porque la oscuridad también ayuda a madurar, a arrancar el velo de ignorancia con que nacen los humanos. Así, alguien que consideras tu enemigo puede ser parte de tu grupo.

—¿Una persona que me ha causado daño?

—La rueda del karma no siempre presenta a miembros del grupo en una luz positiva. A veces, las almas no están relacionadas por las buenas vibraciones, sino que nacen y renacen como enemigos. Mientras esta alma está encarnada en la parte física te daña sin sospechar que desde el principio de los tiempos hubo una promesa conjunta hecha en pos de la evolución espiritual del grupo.

—Yo sentía la vibración opuesta a la mía, la del enemigo, mientras estaba en la mansión macabra.

—Esa vibración pertenecía a una de las almas de tu grupo. Aunque no era visible estuvo allí como aguijón que te recordaba las partes débiles que debías fortalecer. ¿Ves cómo su presencia, por dolorosa, era por tu bien? Las almas pueden tomar la forma que escojan para lograr mejor su cometido.

—Lo entiendo perfectamente. ¿Y esta mansión? No sé si pueda soportar otra encrucijada.

—Deberás penetrarla. Y como ya sabes, la vida es una constante incertidumbre; solo allí adentro sabrás a qué enfrentarte. Pero no olvides algo, Sakura: así como no se te permite prepararte, así, en el momento exacto, aparecerá la asistencia divina. La magia del mundo etéreo solo puede ser accedida en el presente eterno.

Sakura se despidió de Myriad y subió los 7 escalones que conducían a la puerta de la mansión luminosa. No llevaba en su mente una ilustración de los escenarios funestos que podrían aparecer; más bien llevaba en su corazón la esperanza de poder volver a la realidad física que antes la atormentaba.

Nunca se hubiera imaginado lo que sus ojos observaron al entrar en la estancia. Estaba casi vacía, era toda de mármol blanco y sus paredes resplandecían. A un costado vio una jaula grande cubierta por una tela satinada, también blanca.

Se acercó a paso lento, con temor. A medida que avanzaba miraba a su alrededor para ver si alguien aparecía. Todo se veía sospechoso y hasta llegó a pensar que era una trampa. Cuando estuvo frente a la jaula tapada, tomó un pedazo de la tela y la levantó para observar dentro.

No se supo qué ocurrió primero, si el salto de pavor hacia atrás o el rugido del león enjaulado. Sakura corrió hacia la puerta por la que entró, pero era tarde, ya no estaba, y era como si nunca hubiera cruzado ese umbral.

Otra vez tendría que luchar por su supervivencia. Estaba en un cuarto sellado con el feroz animal, cuyos rugidos ahora la esquinaban hasta verse hecha un ovillo contra la pared donde antes se encontraba la puerta.

El miedo le hizo recordar el sentimiento que la invadió cuando dieron el diagnóstico de su padre. La primera semana que convivió con la enfermedad algo dentro de ella se agazapó en una esquina oscura de su ser. Sakura, una mujer hecha y derecha, se convirtió en una niña desesperada que llorando a gritos recorría pasillos interminables.

El sentimiento de indefensión no solo debilita, sino que anula. Sentirse presa de una circunstancia donde no tienes el control y en la que se divisa el fin como designio probable. Esta era la emoción que invadía a Sakura. En una habitación con un feroz león que rugía, ella rogó para tener la fuerza necesaria con la que enfrentar lo que vendría.

Sacó quizás las últimas fuerzas que le quedaban. Volvió a acercarse a la jaula cuando la tela cayó, dejando expuesto al león. Se veía fuerte, de un tamaño impresionante. Su melena era más abundante que el resto de su cuerpo, y sus patas eran amplias, con garras vigorosas. Sakura estaba a un metro del león, separada de él por la jaula. Pero el animal no parecía interesado en ella. Rugía hacia un punto distante de donde se hallaba preso.

De un costado de la jaula emergió una silueta, lentamente. El león, al percatarse, saltó lejos de Sakura y en dirección a la persona que se acercaba. Ella quedó atónita al darse cuenta de quién era y cómo el animal seguía el recorrido del hombre, lanzándose en su dirección sin importar que se estrellara contra los barrotes. El ataque solo era contenido por el hierro.

Sakura, inmóvil, observó a Bayano caminar en su dirección. Al fondo se escuchaban los rugidos y el sonido de las embestidas contra los barrotes.

—¿Papá, por qué estás aquí? Luces como en el teatro, joven y fuerte como te he visto en los retratos.

—Mi alma es fuerte, aguerrida como cuando tenía veinte años —rozó el rostro de su hija—, y estoy aquí por ti, Sakura. ¿Sabes acaso dónde te encuentras en este momento?

—En otra mansión macabra.

—Al contrario. Esta es tu mansión de luz, tu centro. La estructura inamovible que erigiste sobre lo que una vez fue tu punto débil. Este lugar nunca te será arrebatado. Será tu refugio y de sus paredes colgarán nuevos retratos. Imágenes de la vida que para ti comienza solo ahora. Ya pagaste tu cuota de desdichas. Es hora de reclamar la felicidad que habrá de conformar las alas que te conduzcan a un horizonte de alegrías.

—¿Aquí podrás habitar tú?

—Yo seré uno de esos retratos. Aquí solo residirás tú y quienes tú escojas para habitar las paredes de esta estancia.

Sakura, lejos de sentirse feliz con lo que le decía, se vio invadida por una inmensa y profunda tristeza.

—En mi punto débil, en ese suelo estabas tú. Podía verte, acudir a ti. ¿Recuerdas tu promesa? Dijiste que siempre estaríamos juntos. No puedes dejarme, ¿acaso no ves los peligros que me acechan? —apuntó hacia el león—. ¿Cómo puedes llamar a este lugar una estancia de luz con esta amenaza que ruge para ultimarme?

—Si has llegado hasta aquí es porque existen en ti las herramientas para enfrentarte a lo que surja en tu día a día. Ya no eres la niña que siempre siguió mis pasos.

Sakura sollozaba sin consuelo como lo haría un niño asustado. Bayano se acercó.

—Este león enjaulado no está aquí por ti —abrió su mano y le enseñó la llave de la jaula—. Está aquí por mí. Es parte de mi historia, de mi destino, de lo que me tocó en las cartas.

—¿Por eso ruge violento en tu dirección? ¿Qué quiere contigo?

—Todos los humanos tendremos que enfrentar a un ser como este. Representa la puerta a la siguiente dimensión del trayecto. Puede tomar diferentes formas. Para mí no hay duda de que sería este eximio ejemplar de ferocidad.

—Papá, ¿me estás diciendo que este león es el cáncer, la muerte?

—Puedes pensarlo así, Sakura. El cáncer es una batalla que muchos ganan y muchos otros pierden. Yo podré durar más años, pero, ¿cuánto tiempo perdura un ser humano aún en óptimas condiciones? A todos nos llega la muerte, tarde o temprano.

Bayano se acercó más a la jaula, quedando nariz con nariz con la bestia enajenada. Mirando directo a sus ojos le dijo a Sakura:

—Nací guerrero y este lindo gatito no tiene un chance en la batalla si decide enfrentarse a mi rebeldía. Y aunque sé que tarde o temprano me vencerá, tendrá que poner su corazón en la línea y luchar a morir: hasta el final.

Sakura reflexionaba mientras Bayano parecía tener un duelo silencioso con el león. Pensaba en lo difícil que resultó hasta ahora verlo luchar contra el cáncer. El desgaste mental, emocional y físico lo mermó de tal manera, que ahora se veía frágil, la figura opuesta a la imagen de pie junto a ella.

¿Qué vendría más adelante? Recordó a Myriad y su insistencia en recalcarle que la clave de la paz mental es permanecer lejos de escenarios que aún no llegan. Pero era necesario. La presencia de la bestia era una excepción a la regla.

No podría ver sufrir más a su padre. Debía hacer algo por salvarlo, y si, en todo caso, eso no fuera posible, entonces no le importaba perecer intentándolo.

Aprovechó un descuido de Bayano y tomó la llave de la jaula que guindaba de su bolsillo. Él solo escuchó el chirrido de la puerta de metal y vio a Sakura cerrar desde adentro de la jaula.

Bayano sabía lo que acontecería, por eso solo se dirigió a la puerta bordeando la jaula con una expresión de melancolía. Sakura permanecía parada firme detrás del león con los puños apretados a los costados y una expresión de desafío inusitado.

—Sakura, esta no es tu pelea. Sal de allí.

—No permitiré que te dañe, que te lleve de mi lado. No me conformaré con tu foto en un portarretrato.

Bayano sabía que esta decepción que se aproximaba a Sakura era necesaria para que por fin entendiera y soltara la promesa obsoleta que los unía. Con el corazón pesado, desapareció de la habitación. Estaba triste, y a la vez orgulloso de su hija. Una mujer que por su amor reclamó su escudo de batalla y tomó posesión de la cepa de guerreros que la precedía.

Sakura dejó escapar un ruido que llamó la atención del león. Este dio vuelta hasta estar frente a ella. Su grito de guerra fue un rugido que estremeció la jaula. Ella no dio un paso atrás, lo desafió, vociferó hacia su melena alborotada exigiéndole que dejara en paz a su padre y que se retirara. El león, en cambio, se abalanzó, ella hizo lo mismo y ambos chocaron con una barrera. Como si una misteriosa frecuencia de vibraciones los hubiera repelido y lanzado en direcciones contrarias.

Siete entidades luminosas sirvieron de barrera para mantener a Sakura ilesa. Ella se levantó del piso y con la boca entreabierta miró a cada uno de estos seres maravillosos que herían sus ojos con la luminosidad que de ellos emanaba. Uno, el que ella reconocía, se acercó al león en furia y solo con colocarle la mano frente a los ojos lo transformó en un pequeño gato asustado.

—Esta no es tu lucha, Sakura. Abandona la idea de poder alguna vez salvar a alguien de su destino.

—Myriad, no hagas esto, déjame luchar.

—Faltan muchos años para que tú libres tu batalla. ¿Ves estos seis seres que me acompañan? Te cuidan a ti. Sufren cada una de tus tristezas desde dimensiones lejanas. Nosotros somos la manifestación más sublime, más alta, de tu grupo de almas.

Las 7 entidades luminosas transportaron a Sakura fuera de la jaula y la rodearon en un círculo provisto de esperanza.

—Solo aceptando a la muerte, la tuya y la de todos los que te rodean, podrás despertar a un nuevo comienzo. Vivir sin miedos, con alegría, cada uno de tus días. Tu padre aún se encuentra en el plano de tu realidad física. Regresa con la certeza de que tu alma no reconoce el lenguaje de las despedidas. Recuerda la promesa que se profirió, Sakura.

Ahora esa premisa afloraba desde lo profundo de su esencia. Existía una promesa.

—Sí, la recuerdo: Usaremos diferentes máscaras, pero prometemos que a la vez séptima, al unísono, declararemos que somos uno. Que nunca existieron otros. Que nuestro amor cimentará la arena plateada de una nueva estrella. Que será la estancia que habitamos. Que ofreceremos de refugio a todos aquellos que amaron a través de la vida, de la muerte, y por toda la eternidad.

Los seres luminosos brillaron con más intensidad al escuchar a Sakura pronunciar su promesa. La cubrieron con una cúpula de luz que horadó su centro haciendo desaparecer de forma definitiva su punto débil.

Sakura encontró su fuerza y con ella pudo por fin desatar el vínculo de vulnerabilidad que siempre la unió a su padre. En medio del torbellino de luz surgió el eco de su despedida premeditada.

En la oscuridad, con frío, vistiendo ausencias y pérdidas.

Respirando la neblina espesa de esta noche oscura que no avanza, que se atrinchera.

Tú y yo, dos humanos que pisaron la tierra. Aferrados uno al otro en medio de la batalla de vivir con la mortalidad a cuestas.

Hoy mi llanto proviene de las cataratas secas de mis desavenencias. Lágrimas que enjuagaron los reproches y alguna que otra intención maltrecha.

Mis lesiones son cubiertas por los que también visten heridas abiertas. Exhalan su compasión. Ellos también despidieron a los compañeros asignados; a los que via-

jaron a través del Cosmos para encarnar una promesa.

Pobres de nosotros los que habitamos a este lado del misterio. ¡Qué la divinidad que se erige detrás del velo tenga misericordia de los que vagamos a tientas!

Lágrimas de Seres Luminosos que añoran traspasar la dimensión etérea.

Arribar a la ciudad en decadencia. Rozar al humano que sufre por un fin que se desdobla en la inmensidad eterna.

Susurran que nuestros ojos pueden respirar la arena de las estrellas.

Que no hay fin. Que la luminosidad a ambos lados del velo se conecta.

Que no estamos solos, que hay quienes lloran por nosotros desde dimensiones perfectas.

"Despierten humanos, miren en lo profundo de la caldera.

El fuego consume lo transitorio, pero la esencia... esa se adherirá a las pérdidas,

Y volverá a formar a la amada realidad imperfecta.

En un nuevo sueño, forestado de quimeras, retornará la melodía;

La que hará dormir al niño y abrazará al ser eterno que apenas despierta".

7

Adhiérete a mis grietas

El reflector del teatro estaba encendido iluminando el escenario. Sakura se despertó en una de las sillas de la audiencia, como cuando estuvo al principio de su odisea. Demoró unos segundos en precisar dónde estaba, aunque todo seguía mostrándose en su mente como un sueño lúcido. Al mirar alrededor, al incorporarse en la silla, se percató de que otra vez se hallaba en el teatro, el lugar de inicio.

La ansiedad la invadió. Desaparecido su punto débil, se sentía fuerte para enfrentar lo bueno y lo malo de la vida, pero ¿por qué de nuevo frente al escenario?

Recordó la promesa que se hiciera su grupo de almas antes de encarnar en la realidad física. Supuso que ya con eso era suficiente y que el velo de la ignorancia caía para todos sus integrantes. Ahora solo quedaba regresar a cumplir con el propósito enhebrado en sus esencias.

—No temas, Sakura, ya casi todo termina—
Myriad le habló desde la fila de atrás, sentada en
una silla.

—¿Que más hace falta? Ya en mí todo está uni-
ficado, me sobra la fortaleza.

Acto seguido se encendió el letrero sobre el escenario para indicar el nombre de la obra y la intervención que procedía. Sakura leyó en letras neón:
"Adhiérete a mis grietas".

—Esta será la intervención más relevante. Hasta
ahora se han revelado seis de los integrantes de tu
grupo. Este es el último. Sin esta pieza del acertijo no podrán tú y los otros alcanzar lo prometido.
Abre tu corazón, Sakura. En el presente eterno coexisten todas las realidades, las presentes, las pasadas y las futuras.

Sakura volteó a mirar al escenario al escuchar el
sonido de unos pasos. Provenían del lado más oscuro y, poco a poco, iban penetrando el perímetro
de luz. El primer baño resplandeciente del reflector
dejó expuesto al hombre.

De unos cuarenta años, de tez blanca, su físico era imponente: alto, fuerte y elegante a la vez.
Su cabellera, clara como la miel, asomaba bajo un
sombrero estilo cubano, mientras que una bufanda
suelta caía sobre la camisa medio abotonada, confi-
riéndole un look bohemio.

Se preparó para su monólogo retirándose el
sombrero y agitando su cabellera.

Si tuviera que escoger lo que me define como persona, diría que amo a todos los seres vivos del planeta —así empezó Francesco.

Fui criado en un ambiente de paz, de armonía. Mis padres me enseñaron desde pequeño a amar a los animales, a respetar a todos los seres vivos. Me inculcaron la urgencia de cuidar a la Madre Tierra, a ser responsable por todos aquellos seres que no pueden ejercer su derecho a vivir de forma digna.

El amor, la compasión permeó cada etapa de mi vida. Mi madre, siempre entregada al servicio de los más necesitados. Refugios de animales, hospicios, casas de retiro, orfanatos, de todos fui voluntario, acompañándola en sus obras benéficas. Ella siempre me decía: "Vinimos a este mundo a servir, a tratar aunque sea un instante de aliviar el dolor que invade a los seres que coexisten con nosotros".

Francesco bajó su mirada invadido por imágenes de tiempos pasados.

Cómo recuerdo la bolsa de comida seca que siempre llevábamos en el carro para dar de comer a los perros callejeros que deambulaban muertos de hambre en la ciudad. Éramos un gran equipo. Mi papá detenía el auto casi a media calle y ella y yo rápidamente nos bajábamos a dejar comida en un lugar donde el perro pudiera alimentarse.

Fue en esos momentos que aprendí a sensibilizarme con el dolor que sufrimos los habitantes de la Madre Tierra. La mirada de agradecimiento, de auxilio, de carencia que veía en esos animales tirados al abandono y a las enfermedades me marcó para siempre. Mis ojos se han cruzado con los de los niños de la calle, los ancianos abandonados, todas esas miradas provienen de las polutas cataratas de la indiferencia humana.

Mi padre fue mi mejor amigo, mi confidente. Éramos cómplices en un hogar lleno de reglas amorosas. Ella, por su lado, nos cuidaba de más, vivía pendiente de que reinara el orden en todos los aspectos de nuestra vida familiar. Nosotros nos las ingeniábamos para divertirnos, para hacerla reír, para lograr que fuera flexible con ella misma, con la perfección que siempre se empeñaba en alcanzar.

Era nuestra reina. Vivíamos para protegerla como el más hermoso tesoro. Guardábamos distancia en hacer esto, pues ella se creía fuerte. Pero no siempre era osada e invencible frente a las tormentas. Algunos días su mirada se nublaba y su alma acudía a una dimensión lejana. Nunca me hablaba de aquello, pero mi padre siempre me dijo que ella extrañaba mucho a mi abuelo.

Sakura empezó a sentir una incomodidad en el pecho. Algo de lo que escuchaba la conmovía. Myriad se cambió de puesto, ahora estaba junto a ella y la miraba con dulzura y sosiego.

Mi madre me enseñó a habitar en lo más profundo de las emociones humanas. Por ella mi corazón se vistió de compasión y de entrega por todas las causas en las que podía ser útil. Inoculó en mí una confianza en el mundo etéreo y me hablaba a menudo de seres luminosos que pavimentaban de esperanza mi sendero.

Me enseñó a meditar, a acallar mi mente, a creer totalmente en esa fuerza divina y benefactora que algunos llaman Dios. Puertas espirituales se han abierto en mi nombre y yo he estado preparado para adentrar al mundo de las posibilidades infinitas, gracias a sus consejos.

Mi madre me hizo fuerte. Pero no puedo negar la existencia de estas grietas.

El reflector del teatro cambió de tono e intensidad, dejando visibles resquebrajaduras en las partes donde la piel de Francesco estaba expuesta.

Hay algo que duele en mí, que solo descansa en su presencia. Cuando está lejos, cuando contemplo su ausencia definitiva, siento la base de mi ser temblar. Soy fuerte como un corcel indómito, pero mi madre, solo ella, habita en mi punto débil.

Los reflectores se apagaron. Francesco quedó inmóvil sobre el escenario. Sakura, estupefacta, giró hacia Myriad.

—Pensé que ya todos habíamos superado esto.

—Lo que necesita Francesco no es tan simple. Necesita la ayuda que solo ustedes pueden darle.

—¿Por qué solo yo estoy aquí, por qué soy yo la que debe ayudarlo?

—Él es tu misión, el propósito por el que encarnaste. Francesco es tu hijo. Tú habitas en su punto débil.

Sakura se puso de pie y cubrió su boca con su mano intentando aprisionar un grito.

—¿Mi hijo? ¡¿Qué hice para causarle esas grietas?!

—Hay carencias que se heredan. Hay amores tan intensos que crean lazos irrompibles. Y llega el punto donde se necesita espacio, independencia. Es por eso que almas como las de ustedes deben aprender a amar con una mano y soltar con la otra. Él te necesita, Sakura, la vida lo necesita. Lo preparaste para ser punta de lanza de la nueva humanidad que requiere el planeta. Es hora de que le des alas.

—¿Cómo?

—Adhiérete a sus grietas.

Sakura supo exactamente qué hacer. Subió al escenario por el costado oscuro, con rapidez. Todas las luces del escenario se encendieron dejando expuestos detrás de Francesco a Anastasia, a Marco, a Bayano, al Enemigo, al León y a Sakura.

Uno a uno avanzaron hasta llegar a la espalda de Francesco. Con la satisfacción de haber cumplido su misión, se adentraron en lo profundo de su esencia agrietada.

Todos, en un acto de sutil armonía, se adherían a las fisuras existenciales producidas por el desgaste que causa vivir sin el recuerdo de las promesas proferidas. Francesco, cada vez que incorporaba a una de las seis almas de su grupo, recobraba la apariencia lozana, como si nunca se hubiera hendido su valentía.

La última en adherirse a él fue su madre. Con el corazón rebosante de amor y satisfacción por la misión cumplida, susurró al oído de su hijo: "Amores como el nuestro nunca terminan".

Francesco reaccionó fortalecido. Su porte era magnánimo y la fuerza en su voz dejó libre la nueva promesa.

Adhiérete a mis grietas, como un acto de sutil pertenencia. Recuéstate a mis desvaríos y cuéntales de aquella infinita promesa.

Yo, punta de lanza para los seis aguerridos. Yo, el que habitará la arena de la distante estrella.

Me moldearon, ya estoy listo, para formar la raza de humanos que ayudará a liberar a la tierra del suplicio.

Un humano con más luz que oscuridad.

Pero me faltas tú, me falta la esencia de tus palabras formando el símbolo infinito del amor eterno. Carezco de bríos, de esos que se forjan en la batalla peleando contra la mortalidad, contra la ilusión de que una despedida es el final.

Adhiérete a mis recuerdos, esos que se clavan como dagas cuando quiero evocar el roce amoroso de tus besos.

Adhiérete a mi entereza cuando sea mi turno de soltarte para remontar los cielos.

Fuerza benefactora, la que permea en mí como los rayos penetrantes del desierto, dime que soy luz, luz gemela de la mujer que acarició mis cabellos.

Servir sin dolor, amar sin apegos, guiar sin interferir y ser la voz de todo lo que calla en desconsuelo. Ese es mi horizonte, el sol que se asoma y va produciendo grietas profundas en mi pecho.

Anastasia, que tu belleza impregne mi vista para ver lo bello en presencia del orgullo ciego. Marco, que las trincheras de tu pluma se transformen en un puente por donde pueda cruzar la urgencia de cuidar todo lo que vive.

Bayano, que tu desobediencia me haga rebelarme contra las injusticias que atropellan a los más pequeños.

Seré como tú, León, líder de aquellos que quieran tener como Madre a la Tierra y cuidar de ella.

Te bendigo, Enemigo. Que las espinas del camino me recuerden que los golpes de la vida maduran bajo fuego y también bajo lluvia.

Y sobre todo tú, Sakura, adhiérete a mis grietas. Rellena las tuyas con esta nueva promesa: Nuestras almas cimentarán la arena plateada de una nueva estrella. La que será la estancia que habitemos. La que ofreceremos de refugio a todos aquellos que amaron a través de la vida, de la muerte y por toda la eternidad.

Epílogo

La nueva promesa

Las campanas de la iglesia hicieron que todos tomaran su lugar. El ambiente era de alegría, de celebración. La marcha nupcial estaba a punto de empezar. Bayano entró al salón donde esperaba la novia. La miró y sintió que ese día entregaría a su hija a las puertas de una maravillosa vida que ahora empezaba para ella.

—Te ves hermosa.

—Gracias, papá. Quiero decirte que puedes estar tranquilo, existe fortaleza en mi alma.

—Lo sé, hija. Estos últimos meses te he visto florecer y convertirte en una mujer fuerte, independiente. Estoy orgulloso de ti. Sabes que siempre contarás con tu familia. Con tu madre, con tus hermanos. Ve y haz tu vida. Vivir es ejecutar una danza impregnada de tu esencia. Deja que todos los que nos encontramos en tu periferia te veamos danzar al compás de la música divina de una nueva esfera.

—Este es mi momento y estoy segura de que me encuentro en el lugar exacto.

La marcha triunfal acompañaba los pasos de Bayano y Sakura en el pasillo del templo, que daba hasta el altar donde esperaba el novio. Con cada paso, Sakura se sentía una mujer plena, segura.

Recordó a Anastasia al sentir la suavidad de su vestido de novia, estilo griego. Le sonrió internamente a Marco al saber que poseía confianza en ese amor que todo lo superó. Sabía que el Enemigo estaba sentado en una de las bancas; siempre sería necesario un aguijón en el costado para valorar las cosas.

El León marchaba a su lado, como un recordatorio de su cepa de guerrera y de lo efímero y valioso que es el tiempo. Y, antes de que Bayano la entregara a las manos de su amado, le dijo al oído, con un fuerte abrazo: "Recordé la promesa: tú nunca soltarás mi mano".

Sakura tomó la mano de su novio y con un sí recibieron la bendición de seres luminosos y de toda criatura en el universo que decidió encarnarse para cumplir su profundo anhelo. En sus ojos, antes de darse el beso, brilló el número 7; la luz de la séptima alma.

Rosamaría Tapia C.

Nació en la ciudad de Chitré, a los once años se trasladó a la ciudad de Panamá, donde culminó su educación secundaria en el Colegio La Salle. Viajó a Los Estados Unidos, donde residió por diez años. En California State University, Los Angeles, obtuvo los títulos de Bachelor´s Degree in Liberal Studies y Master´s Degree in Latin American Studies.

Regresó a Panamá en el año 2000 y trabajó por diez años en el Ministerio de Relaciones Exteriores. Es miembro del colectivo: Letras de Fuego, bajo cuyo sello editorial publicó su primera novela: Por si volvieras.

Colabora activamente en el programa socio-cultural: Siembra de Lectores.

Página Web: www.rosamariatapia.com
emails: rosamariatapia@rosamariatapia.com
tapiaariel@hotmail.com

Obras Publicadas

Por si volvieras
Náufragos que sueñan islas
La tribu de los sueños
La Dama del Agua
Sie7e